Diego De Silva
Certi bambini

W0408463

Einaudi

© 2001 e 2004 Giulio Einaudi editore s.p.a., Torino
www.einaudi.it

ISBN 978-88-06-17770-6

a Chiara e a Elvira

Certi bambini

E vidi
che qualcosa si muoveva tra i morti
Era una bimba
La portai fuori sulla strada
e chiesi
Chi sei
Da quando sei qui
Non lo so
disse
Come mai sei qui in mezzo ai morti
chiesi
E quella disse
Tra i vivi non posso piú stare.

PETER WEISS

1.

Sotto il cavalcavia per il quartiere popolare nuovo c'è una breve galleria con una madonnina in fondo. È comoda, ma la gente la fa poco per via dei tossici. Quello è il posto. Rosario lo conosce benissimo, come potrebbe dimenticarlo. Era con Marcello e Vito quella volta. Lui e Marcello avevano cominciato subito a correre, Vito, che era finalmente riuscito a far saltare il lucchetto, aveva tentato di mettere in moto la vespa ma quella non si era accesa. Allora l'aveva buttata a terra e aveva cercato di scappare a piedi, ma era già tardi. Lo presero proprio nella galleria, e quasi lo ammazzarono.

Ancora oggi, se ci pensa, Rosario si contorce dalla collera. Lo sa che qualche volta va e qualche volta no. Ma questa cosa qui non gli è mai scesa. Tutti quei calci con gli stivali con la punta. Tutti quei pugni in faccia. Rosario vorrebbe tanto ricordarsi quegli stronzi, ma non li ha visti bene. In quel momento riusciva solo a correre. Correva con tutto quello che aveva, non soltanto con le gambe.

Non passa giorno senza che Rosario si sforzi di ritrovare un profilo, una voce, un dettaglio su cui azzardare una sagoma sufficientemente riconoscibile; ma tutto quello che vede è il grigio della strada che gli scompare e riappare davanti e la madonnina incassata nell'archetto sudicio alla fine del sottopassaggio.

Rosario pensa che Marcello potrebbe ricordarsi, di sicuro ha anche lui lo stesso veleno in corpo, ma sanno tutti e due di essere scappati mentre quelli massacravano il loro amico e cosí tengono il segreto.

Magari ne riconoscesse uno per strada. Magari la madonna gli facesse questa grazia.

Rosario si sveglia. Nella prima luce che gli abitua l'occhio attraverso le fessure dell'imposta, inizia a distinguere i contorni della stanza. C'è qualcosa di diverso in casa, lo capisce immediatamente. Ha voglia di cominciare, e i pensieri pulitissimi. Capisce un sacco di cose. Quello che è successo ieri, e anche l'altro ieri; quello che gli è successo un anno fa, quello che è successo agli altri. Si sente tutta una scienza. Non sa da dove viene, ma gli pare che è sua. Forse è cosí che funziona, si mette da parte un po' alla volta e quella arriva tutta assieme.

E lui che si sentiva quasi male al pensiero di alzarsi stamattina... Piú ancora del lavoro, lo spaventava il tempo libero davanti. Il risveglio, i passi della famiglia di sopra che andava e veniva dal bagno, il conto delle gocce per la nonna, l'aspetto innocuo delle cose.

Rosario mantiene la prudenza. Sa che la paura può tornare, e pigliarselo come niente.

A dispetto della voce che da dentro gli parla come un complice che vuol convincerti a scappare prima che torni il padrone di casa, Rosario si alza procurandosi uno sbadiglio, spalanca la finestra, solleva pazientemente la persiana, si appoggia coi gomiti sul davanzale e apre gli occhi sul cortile.

Il bianco cancellato del condominio di fronte, l'odore di famiglie con figli, le finestre mezze aperte da cui si indovinano gli adesivi dei formaggini sugli sportelli delle cucine, il pastore dell'ammezzato che abbaia in continuazione perché i padroni sono usciti e lo hanno lasciato di guardia sul balcone anche se nel balcone ci entra appena.

Due piani piú sopra, il segretario della scuola elementare, Scannapieco, sta litigando con le sorelle. Maria, la piú grande, manda bestemmie alla giornata. L'altra aspetta che Maria finisca di parlare, e poi ripete. Scannapieco esce sul balcone, brontola al volume giusto perché Maria distingua ogni parola e poi colpisce forte la ringhiera con la mano aperta. Il colpo scatena una vibrazione che si trasmette alla ringhiera del piano di sotto e lascia in attesa.

Scannapieco si ottura la bocca aperta con il pugno. Rosario riconosce ugualmente la bestemmia. Poi i suoi passi offesi che calpestano la casa in orizzontale. Poi la porta che sbatte. Poi gli stessi passi per le scale.

«Abbiamo finito, mò?» dice Rosario tra sé. E guarda Salvatore in pigiama, che respira masticando, dietro la finestra di fronte. Per lui è sempre inverno. Quelle poche volte che esce, la moglie lo veste e gli mette gli occhiali neri. Rosario una volta li ha incontrati che tornavano dalla spesa, e quasi non l'ha riconosciuto. Si teneva in petto, tipo bibbia, un pacco di biscotti al burro. Lei lo portava come un figlio cieco.

Rosario prende le sigarette dal comodino e torna alla finestra. In un angolo, una cosa sola con la finestra, la signora Assuntina, seduta, sbuccia. Quando affonda le mani nella bacinella che tiene sulle ginocchia sembra aggiungere un nome a una lista. Rosario si accomoda la faccia nella mano e senza voglia posa lo sguardo in direzione sua.

Ricorda una leggenda di cortile con la memoria piena di voci. Parlano tutte assieme, peggio di una messa, la parrucchiera soprattutto interferisce (racconta dal balcone, *ma tu hai capito*, intercala; dalla gonna ogni tanto sbuca poco poco di sottana; e con chi parla: Adele la figlia della portiera, forse?)

Poi tutt'a un tratto il guazzabuglio finisce, il cane riprende ad abbaiare, la signora Assuntina è sempre al suo posto che sguscia i piselli e Rosario, che fino a quel momento le ha tenuto gli occhi addosso senza accorgersene, comincia a farlo apposta.

In fondo non ha niente contro la signora Assuntina.

Eppure, adesso non desidera altro che privarla della sua occupazione preferita. Con uno sguardo piú grande di lui, come a volerle rinfacciare un conto in sospeso, comincia la punta.

Dopo un po', la signora Assuntina se ne accorge. La tradisce un piccolo tremito della testa, subito richiamato all'ordine. Per chi non dispone di coraggio, dice Damiano, la difesa piú comune dalla provocazione sta nel fingere di ignorarla. I piú forti conoscono benissimo la paura dei deboli. Perché poi sono i primi a inchinarsi, quando tocca a loro.

La signora Assuntina riprende con la fretta addosso, sperando che indaffarandosi piú di prima scoraggerà l'iniziativa di Rosario. Lui naturalmente insiste, e la cosa si fa divertente.

Un minuto dopo la signora Assuntina tenta la carta della misericordia. La testa piegata sulla bacinella come in preghiera per un figlio morto, le mani che accarezzano i gusci dei piselli manco i grani di un rosario, svende la dignità pur di essere lasciata in pace.

Rosario tiene con rabbia. Il suo disinteresse verso la signora Assuntina monta quel bisogno di sopraffazione, invece di spingerlo ad abbandonare il desiderio di un male inutile.

Finalmente la signora Assuntina si alza dalla sua sedia, con un gesto infelice si libera della bacinella e scappa dentro.

Rosario tira col naso tutta l'aria che può. Quasi viene meno dalla soddisfazione. Immediatamente pensa: mò vado a casa sua, busso, quella apre e me la fotto. Nessuna cosa al mondo gli è mai sembrata piú possibile. Poi si schiaccia l'erezione con la mano.

La signora Assuntina, con quel corpo sfatto e quelle vesti da casa che le si arrampicano sui fianchi quando si muove, gli è sempre saputa di sporco. Di tutte le signore del cortile, forse è l'unica su cui non si è mai fatto una sega. Ma il diritto che ha appena acquisito su di lei, la sicurezza di poterne approfittare senza limite, cosí, subito, solo che lo voglia, gli porta un'eccitazione schifosamente piacevole. Non ha mai ridotto nessuno a quel modo.

Rimane alla finestra parecchio tempo ancora, un po' per prolungare la vittoria, un po' per assicurarsi che la signora Assuntina non faccia la pensata di tornare. E proprio quando ormai è sicuro che non tornerà, la paura gli passa per la schiena. Giusto il tempo di entrare e uscire. Allora Rosario fa come la signora Assuntina che fingeva di non capire. Si sporge con la testa fuori dal davanzale, s'impasta un po' di saliva e l'accompagna con la lingua fuori dalla bocca lungo le labbra socchiuse come per deporla, cosí che resti intatta lungo la caduta e arrivi a terra con il suono tagliente della goccia che si spacca.

Poi conclude che è meglio non tirare troppo la corda. Prende le scarpe da dietro la porta, la gelatina dal comodino, va al bagno, posa il gel sul lavabo, si siede sul bidè con le scarpe in mano, piscia, fa scorrere l'acqua, mette le scarpe senza allacciarle, torna al lavabo, si sciacqua faccia e capelli, li modella attentissimamente col gel, torna in camera, s'infila il pantalone e la felpa gialla.

Un po' di fretta. Appena appena.

– Sariú, – fa nonna Lilina dal letto mentre Rosario passa davanti alla sua stanza. Rosario affaccia la mano dentro e dà due colpetti all'infisso della porta.

– Tam-zò... – farfuglia nonna Lilina ancora rimbambita dal sonnifero mentre Rosario s'avvia verso la cucina.

– Eeeh. Aspe', – risponde Rosario tendendo l'orecchio all'indietro per capire se era una richiesta.

Nonna Lilina prende mezza Roipnol dopo cena però è fissata per Maurizio Costanzo e si sforza di stare sveglia fino alla fine della trasmissione, cosí poi la mattina se non sono almeno le undici-undici e mezza non capisce; verso le nove si alza, se ne va in giro per casa, fa un servizio, se le chiedi una cosa ti risponde, però dorme, non ti segue, s'inventa i termini, comincia a dire una parola e poi si scoccia di continuare.

Una parola che ripete sempre, con cui comincia le frasi e le scandisce, è Tam-zò. La pronuncia lasciando una sottilissima distanza fra le sillabe, dovuta allo sbattere delle consonanti che sembrano ribellarsi a quella combinazione irreale.

Rosario non ha mai capito esattamente che significa. Probabilmente è un rumore che le serve. Vero è che la diceva pure quando stava bene. Per un po' si era convinto che volesse intendere «N'zò», cioè «Non so» (anche se rimaneva il mistero sulla *t*; vada per la *m*, che poteva, unita al *zò*, essere presa, nella fluidità della pronuncia, per *n*; ma la *t*, soprattutto con quella *a* che seguiva, diventava praticamente intraducibile: era quel Tam tutto intero che sembrava una parola a sé, con un significato proprio); e non era una cattiva idea, a giudicare da come la nonna la usava per respirare tra le frasi. Poi ha visto che la ficcava ovunque, e si è abituato a interpretarla ogni volta, ascoltando la nonna torno torno e guardandole le mani e certi piccoli movimenti delle spalle.

– Sariú, – ripete la nonna.

Rosario si arrende e torna indietro.

Nonna Lilina è a letto, mezza seduta e mezza scoperta. La sottoveste si confonde con le lenzuola. È una di quelle vecchie che, pure da vestite, sanno sempre di borsa calda e di bicchiere d'acqua sul comodino. Tiene una gamba fuori, stesa. Ha ancora i calzini. Manda un odore dolciastro, di quelli che ci si abitua a sopportare.

– Che è?

– Oggi Vitina viene?

Rosario gira intorno al letto, solleva poco poco le coperte, le prende la gamba e gliela infila sotto. Poi le sistema il cuscino dietro la testa.

– Mò non fare che ti alzi e ti metti a passiare per casa. Prima mangi, poi ti pigli la medicina e ti stai.

Nonna Lilina, che le è entrato da una parte e le è uscito dall'altra, lo chiama con la mano, sul braccio. Bussa due volte.

– Oggi Vitina viene?

– La finisci o no? Non viene Vitina, non viene piú Vitina. È morta, Vitina. Hai capito che è morta Vitina?

Quando nonna Lilina gli risponde parla ancora col boccone in bocca per via del Roipnol, ma butta fuori una frase lucidissima.

– Eh, aggio capito. È morta Vitina. Senza che strilli.

Rosario lascia cadere le spalle. Poi si volta a sollevare la serranda, e gli viene da ridere.

– Sariú.

– Eeeh, – risponde. A bassa voce, però.

– Che or'è?

– È presto. Statti.

Rosario va in cucina e apre la finestra. Tira fuori uno straccio pulito dal cassetto sotto quello delle posate, lo stende delicatamente sulla tavola. Prende il Micoren e i formaggini dalla dispensa (nonna Lilina non mastica), taglia una fetta della panella del giorno prima (si mantiene bella morbida) e riempie per metà un bicchiere d'acqua. Scarta il formaggino e col coltello incide la mollica lungo il contorno della crosta. E allora s'incanta.

(Solo i cornuti e i guappi pisciasotto si fanno buoni col coltello. Ricordati. Chi ti vuole fare male veramente non perde tempo. Non si fa vedere in faccia. Non corre pericoli. Quando uno ti minaccia e ti spiega pure perché ti minaccia, è uno stronzo).

Rosario è rimasto con la punta della lama infilata nel pane. Mentre gli occhi ripartono dalla finestrella su cui s'erano fermati, sorride. Finisce l'incisione e spalma il formaggino sull'ovale di mollica. Va all'acquaio, prende un piatto dal gocciolatoio e lo straccio a quadretti appeso alla parete. Mette il pane sul piatto.

Bella voce, Damiano. Quando parla ti ricordi le frasi come le parole delle canzoni.

Rosario prende il bicchiere d'acqua, svita il tappo del Micoren, fa la conta delle gocce ad alta voce, s'appende lo straccio sulla spalla e poi s'avvia, la colazione in una mano e la medicina nell'altra.

Nonna Lilina s'è addormentata. Rosario si ferma sulla porta. Esce prima da una scarpa e poi dall'altra. Arriva al comodino con le gambe rigide, fissando rigorosamente nonna Lilina che dorme. Con una progressione di movimenti lentissima, ascoltando il lamento delle proprie giunture, poggia il piatto e poi il bicchiere. Fa un rumore minuscolo, quasi al di sotto della necessità. Spalanca gli occhi sulla nonna. Dall'immobilità di lei misura la sua capacità di silenzio. Nonna Lilina ha la faccia increspata in un broncio infantile, e la mano destra mezza chiusa sul cuscino, come avesse stretto qualcosa prima che il sonno gliela togliesse di mano. Rosario si piega su di lei e la domina. Aspetta il respiro. Non riesce a sentirlo, allora guarda la pancia. Quando il lenzuolo si solleva, quasi impercettibilmente, una volta, poi un'altra e poi la terza, se ne va.

Esce dalla stanza con le scarpe in mano, continuando a fare silenzio anche se non ce n'è piú motivo. È per quello che quando dal piano di sopra parte la messa di Radio Maria, il volume, un'altra volta a manetta, arriva in casa cosí forte che il cuore s'impressiona.

– La madonna che non vi appiccia, – dice Rosario in punta di labbra, e torna subito indietro a spiare nonna Lilina dalla porta socchiusa. S'è girata sull'orecchio buono. Spesso fa comodo essere mezzi sordi da un lato.

«Agnello di Dio che togli i peccati del mondo», recitano i fedeli in casa di Rosario. Il prete ha quella voce attaccaticcia che hanno certi preti, fa un sacco di saliva e succhia continuamente. Il silenzio che si raccoglie intorno alle sue parole rende ancora piú forte il coro che gli dà ragione. Il volume è esasperante, la messa invade tutta la casa, comanda lei, impedisce. La mente si concentra e le va dietro anche se non vuole.

Rosario, le scarpe ancora in mano, sta fermo e subisce. Ascolta la vampa dei suoi nervi. Ormai dovrebbe esserci abituato, invece ogni volta questa esagerazione lo sorprende. Trattiene la rabbia poco piú in là di quanto è capace, con la voglia nevrotica di scoprire fin dove riesce ad arrivare. Poi si muove. Va in camera sua, senza sapere esattamente perché. Apre la finestra. Si affaccia all'indietro e guarda in alto. C'è il balcone aperto, la radio deve trovarsi in corrispondenza della porta d'ingresso, eppure si sente tale e quale anche di qua. Avrà casse grandi. Rosario si siede sul letto e aspetta. Forse non è cosí forte come gli sembra. Forse è lui che si fissa. Accarezza il cuscino. Incrocia le dita, volta le palme e tende le braccia in avanti. Scricchiola nelle spalle. Si rimbocca la felpa fino ai gomiti. Con il pollice e l'indice si fa la punta a un pizzetto immaginario. Tu che siedi alla destra del padre. Mò abbassano. Perché tu solo il santo. Tu solo il signore. Tu solo l'altissimo. Mò chiudono il balcone. Mò.

Preghiamo.

Rosario esce dalla stanza, va in bagno e chiude la porta. Si mette coi gomiti sul lavandino e guarda la solita goccia appesa in bocca al rubinetto. I fedeli cominciano a cantare. Anche il prete canta, sopra. Si distingue la voce. Rosario prende la goccia col dito. Ah, sí. La cantava pure lui quella canzone.

Mò basta. Basta.

Rosario va incontro alla messa. Esce sul pianerottolo. Si aggrappa al corrimano e guarda su. Il volume è ancora piú imponente, si dilata e rimbomba nel vuoto delle scale che sembra lo si possa seguire con gli occhi mentre scende di piano in piano. Rosario si dà due schiaffi sulle cosce. Dice qualcosa, ma a bassa voce. Sale sopra, anche se sa di non voler bussare perché non saprebbe cosa dire. Dal cortile si sente un trapano che parte. Rosario si ferma davanti alla porta. Com'è strano il tuo palazzo, a un piano che non è il tuo. Guarda la figurina di Gesú Cristo sotto al campanello che prega i testimoni di Geova di non bussare. Proprio come i ristoranti con i cani. La radio dev'essere davanti a lui, al di là della porta. Ascolta i passi della messa che conosce confusamente, e che gli rientrano nella memoria riprendendo il loro posto. Ha tutto il sangue in faccia. Potrebbe sentirsi male per tanta rabbia.

Poi, tutt'a un tratto, come una mano gentile che gli accarezza la fronte. Un lampo, un'intuizione perfetta. I pensieri si aprono. Guarda la targhetta sulla porta. Sorride. Adesso sa che cosa deve fare, oggi, prima di tornare a casa.

Fa le scale compiacendosi della sua idea. Poi si ferma al suo piano, ancora con il ghigno in faccia. Pensa rapidamente. Non c'è bisogno di rientrare. È vestito, le gocce e il formaggino a nonna Lilina li ha lasciati. Si tocca i soldi nella tasca sinistra.

La messa lo tampina per le scale finché esce in strada.

2.

Fa un caldo umido, che dà all'aria un aspetto sofferente, come facesse lo sforzo di liberarsi da una pioggia che non ne vuole sapere (quella nebbia sottilissima che odora di macchine e di immondizia di qualche giorno). Rosario si pizzica la felpa sulla pancia e cammina. All'angolo c'è l'ombrellone delle sigarette. Iole sta seduta su una poltrona che è tutta strappi, s'è fatta gialla di sporco eppure si vedono ancora i fiori. Alla fine della giornata il figlio, che le dà il cambio all'una e mezza, la volta a testa in giú e la parcheggia sotto il muro. Iole tiene la radio sulle ginocchia, canta le canzoni sottovoce e ogni tanto, per invitare i passanti a comprare, finge di raddrizzare la cassetta delle sigarette che tiene a un passo davanti a sé, rivolta verso la gente. È cosí grassa che non può incrociare le braccia. Suda continuamente ma ci è abituata. Ogni cinque minuti s'infila il fazzoletto in petto e si asciuga. Dietro di lei, poco sopra la testa, ci sono i prezzi scritti sul muro col pennarello.

– Morbide, – fa Rosario indicando con il mento il pacchetto che vuole e mettendo la mano in tasca.

Iole si allunga sulla cassetta. La copre con il braccio fino all'ascella. Continua a canticchiare mentre cerca di riconoscere il pacchetto con la mano cieca, a piccoli colpi. Poi torna su, rossa in faccia.

– Tengo nu male 'e capa a caccavella oggi, – gli porge il pacchetto. Ha già un po' di fiatone.

– 'A pioggia ca nun vene, – le dà i soldi Rosario. Sull'ultima parola la voce si arrochisce, come a tutti i ragazzini.

Iole mette i soldi in una custodia per occhiali. Distende la schiena e si sventola con la mano a paletta. Ogni volta che si muove deve riposarsi. Dalla poltrona non si alza mai, sarebbe troppa fatica. Se nella cassetta sono finite le sigarette che volevi, ti indica la macchina parcheggiata poco piú in là, sempre allo stesso posto che nessuno mai occupa. Sul sedile di dietro c'è il borsone. Ti prendi quelle che vuoi, poi torni e paghi. Nessuno si permette. Non esiste.

Uno, una volta. Il borsone lo lasciò, prese solo due stecche. Era di un altro rione, lo chiamavano Fotoromanzo. Uno magro, bellillo, pettinato come le fotografie dei parrucchieri, che quando camminava fissava le persone e aspettava finché guardavano da un'altra parte. Era già un po' che andava facendo lo stronzo. Entrava nei negozi, andava dagli ambulanti, e si metteva a fare discorsi vaghi, che certe persone bisogna saperle trattare, che quando succedono i guai è perché uno non ci ha pensato prima, e certi commercianti gli facevano fare la spesa gratis.

Il figlio di Iole lo andò a prendere al biliardo. Gli disse è tua la Tipo là fuori.

Quello fece sí.

Dammi le chiavi.

Rosario prende i vicoli che tagliano per il Burger King. Cammina strano, come uno che non vuole dare a intendere di avere addosso dei soldi. È pieno di attenzione. Fa caso alle targhe delle macchine, alle facce dei vigili, ai volantini fotocopiati dei concerti, agli studenti che mangiano la pizza a libretto. Piú si avvicina al Burger King piú il corpo gli fa storie, lo trattiene, lo avverte di una differenza a cui dovrà prepararsi. Rosario sa che gli amici lo tratteranno diversamente. Sa che lo aspettano, che faranno finta di non sapere. Ha qualcosa da dimostrare, ha un pubblico. Non la vuole questa importanza. Non ancora.

Come per capirci meglio, si ferma. Uno dietro, che camminava spedito, per poco non lo urta. Gli fa *nz'* nell'orecchio e riprende il passo. Rosario riconosce l'odore della sua colonia.

Sotto il palazzo c'è un banchetto di cd (una cassetta di legno scoperchiata su tre piani di cartoni). Per terra, allineate su un lenzuolo di plastica giallina, due file di videocassette con le copertine fotocopiate, venute cosí cosí. Proprio davanti, appena piú in là verso la strada, quanto basta a occupare quel tanto di marciapiede in piú che tiene i passanti alla distanza necessaria, un soldato in tuta mimetica che striscia mani e piedi al suono sottile della batteria che gli si accende a intermittenza sull'elmetto e attira l'attenzione verso terra. Il movimento è verosimile, convince. Rosario butta l'occhio ai dischi senza interesse. Il vucumprà appare dal nulla, con un sorriso da qui a qui.

– 'Migo? Vuoi ciddí? Vedi? Madounna, oggi proprio arrivata –. E senza dargli il tempo di guardare ne afferra tre o quattro insieme e glieli apre a ventaglio sotto gli occhi, come un mazzo di carte. Rosario guarda i polpastrelli rosa e non risponde.

– C'è Patti Pravou, Festivàl Sanremou, Ramassotti...

A Ramazzotti capisce che Rosario non compra. Smette di guardarlo e comincia a riordinare i dischi nella cassetta (uno per volta e lentamente). Indica con la testa i film per terra. Dice un titolo soltanto.

Rosario, per niente in colpa, attraversa.

Poco piú avanti c'è una coppietta appoggiata a una macchina. Sono vicinissimi ma non si toccano. Lei gli rinfaccia un elenco, si accompagna con le dita. È piena di rancore. Lui la fa parlare e le guarda le scarpe. Rosario va in quella direzione. Rallenta il passo per vedere.

A un tratto lei smette di parlare, gli volta le spalle e lo lascia. Lui rimane dov'era con la bocca mezza aperta e la guarda incredulo mentre si allontana, come stesse assistendo a una scena impossibile. La chiama; ma mentre lui non è piú capace di muoversi, lei cammina. Lui alza la voce, ma è una richiesta. Non ha nessuna autorità.

– E mò che fai, addò vai. Perché te ne vai? Giulia. Giuliaa.

Giulia si ferma e si gira convinta, solamente per rispondere. Parla in italiano costretto, recitato, adattissimo ad affondare nell'avversario.

– Perché mi sono scocciata che devo essere sempre io ogni volta. Ma chi sei, – muove i capelli con soddisfazione.

Una madre col carrozzino si ferma. Il giornalaio mette fuori la testa. Uno in seconda fila, che stava facendo manovra per uscire, aspetta.

– Vienimi tu appresso, e dobbiamo pure vedere se tengo voglia, hai capito –. E riprende il passo, imitando, senza accorgersene, centinaia di separazioni televisive.

Rosario la incrocia. È vero che quando s'incazzano sono piú belle, pensa. Il ragazzo è rimasto dov'era, la guarda ancora in innamorato stupore, scruta la strada che via via lo separa da lei come sperasse di trovarci un segnale, una possibilità. Mette le mani in tasca e paga col dolore di non seguirla il poco di dignità che gli resta.

Che figura di merda.

(Damiano e Rosario erano in macchina, nel traffico fermo. Damiano teneva il gomito fuori dal finestrino.

– L'hai visto il ricchione? – aveva detto a un tratto Damiano facendo segno con la testa verso l'esterno, dal lato suo. Rosario aveva guardato, aspettandosi un femminiello o un altro tipo di checca. Non c'era nessuno. Solo una frase scritta con la bomboletta spray sul muro del palazzo: NON SEI STATA SINCERA.

– Ma chi? – aveva chiesto.

– Questo, – aveva detto Damiano, riferendosi piú chiaramente alla scritta sul muro. Allora Rosario l'aveva guardato interdetto.

– A te che ti sembra?

– Uno che l'ha lasciato la femmina.

– Perciò è ricchione.

Rosario avrebbe voluto fare una domanda.

– Perché uno scrive una cosa di queste, pensaci: perché va trovando di perdonare. Quella magari ha fatto la zoccola col meglio amico suo, e lui le manda a dire che la vuole lo stesso.

Rosario aveva fatto un bel sorriso convinto. E aveva provato tutto un orgoglio nel vedere che Damiano con lui non si limitava a insegnargli come si tiene la pistola.

– Se ti fai mettere sotto da una femmina, – aveva detto Damiano concludendo, – nun si' 'n ommo. Si' ricchione.

Rosario non avrebbe potuto essere piú d'accordo. Era sempre stato d'accordo. Solo che prima non lo sapeva).

3.

Visto da fuori, il Burger King è un pugno nell'occhio della strada in cui l'hanno messo. Un'insegna coloratissima che si accende a intermittenza come un vero locale americano. In una via dove i palazzi sono cosí fitti che se alzi la testa riesci a malapena a vedere il cielo. Poi dentro una signora stanca con gli zoccoli toglie i vassoi dai tavoli, e la porta della cucina è sempre aperta, e la similpelle degli sgabelli girevoli è consumata sui bordi e nel centro, e sul pavimento certe mattonelle ballano, e sul telefono a parete c'è mezzo foglio a quadretti attaccato con lo scotch che dice è guasto, e nel gabinetto il ventilatore per le mani non funziona, e i panini, però, costano. Di fronte c'è il Las Vegas, col biliardo e i videogiochi (il padrone è lo stesso). È un altro cortile, un altro condominio dove Rosario e gli amici suoi stanno, aspettano.

Sul gradino del marciapiede c'è Venturino che mangia. Si dondola sui tacchi, gioca a cadere e a risalire. Mastica svogliato, non sa stare fermo, come un bambino a cui hanno interrotto il gioco per la merenda. Non sente e non guarda, è tutto coinvolto dalla stupidità di quell'esercizio. È solo in mezzo alla strada. Pare suo fratello piccolo.

Rosario di espressioni non ne ha quasi. Per la sua faccia è sempre tutto normale. Cose come la meraviglia o lo smarrimento o l'allegria o la pena o la ripugnanza non hanno presa su di lui. Rosario guarda succedere le cose fino alla fine. Si prende quello che può finché qualcuno non glielo toglie. Rosario rimane dov'è quando la vecchia aggrappata alla borsa viene trascinata dalla vespa. Rosario si infila nella folla per vedere il morto ammazzato, e tocca la segatura impregnata di sangue con la punta della scarpa. Rimane pure quando arriva la Mortuaria. Guarda l'aria con le braccia alzate mentre i falchi lo toccano lungo i fianchi e dentro alle cosce. Rosario non li guarda in faccia quando poi gli danno il pizzicotto e gli dicono tu tieni una brutta fine preparata, spera che ti arrestiamo prima. Rosario guarda Venturino ogni giorno piú difficile da riconoscere come se guardasse un palo della luce. Guarda Venturino malato di cuore a undici anni, e sa a chi lo prende in bocca. Si avvicina e si ferma, che per salutare un amico basta la presenza.

Venturino continua a masticare, a perdere e riacquistare l'equilibrio sul bordo del marciapiede. Rosario aspetta. Il juke box del Las Vegas spara la canzone a metà. *Mai nessuna mi ha mai detto sono pazza di te | mai mai nessuna è grande come te...*

Dopo un po' Venturino si accorge di lui.

– Vuo'?

... che metti i tuoi sogni dentro i miei | che riesci ad essere sempre come sei...

Rosario fa no. Venturino dà un altro morso, si lascia cadere e torna su.

– Ma ti stai fermo?

... Non mi fido del mio cuore perché so già che soffrirò | in amore non c'è ragione perché dubbi non ho...

– Com'è che non ti fai vedere piú?

– Ma chi, io?

Rosario guarda da un'altra parte.

... Mai nessuna mi ha mai detto sono pazza di te | mai mai nessuna...

– Ma staie bbuono, sí?

– Eh, – fa Venturino.

Rosario entra nel locale sparpagliando qualche saluto e va direttamente al bancone con l'aria di chi non può trattenersi troppo. Davanti all'espositore delle tavolette di cioccolato bianco stringe i denti e ordina Sprite media e crocchette. Con quindici incarti danno gli animaletti con le gambe che si levano e si mettono. Rosario ci perde gli occhi, soprattutto per gli elefanti (c'è la famiglia intera, papà, mamma e due bambini). Da quando si è accorto di Brasile e Matteo che si guardavano di traverso e si gonfiavano in bocca, ha lasciato perdere. Buoni loro, che fanno ancora la raccolta dei giocatori.

Rosario si accende una sigaretta, tira due volte dalla cannuccia della Sprite e si guarda un po' intorno. Si sente falso e fortunato, come uno che ha ottenuto una promozione e torna fra i compagni per uscirne del tutto.

Chi è che lo sa? Li vede tutti strani. Chissà se sono loro rispettosi o è lui che li tratta già dall'alto. Su una cosa potrebbe scommettere: nessuno si permetterà di parlarne.

Esce Giornaletto dal cesso, ballando una musica che sente solo lui.

– Aeh, – dice Rosario fra i denti.

Giornaletto ha una zolla di capelli solo in cima e tutta pelle intorno («Mi pari il cantico delle creature», gli ha detto una domenica mattina don Liborio all'uscita della messa), e una macchia scolorita di mercuro cromo che gli scende dall'orecchio destro fino all'inizio del collo. Come si accorge di Rosario s'interrompe e lo aspetta con la mano pronta per il dovere del saluto.

Ma Giornaletto non fa testo. A quell'ora tiene già cinque o sei Campari e gin in corpo, infatti il padrone lo guarda storto quando torna alla cassa a ordinare (c'è tanto di cartello che vieta di vendere alcolici ai minorenni), ma è una commedia, perché subito batte lo scontrino (quando pure) e sorride.

Finalmente Rosario si volta dalla sua parte, alza la mano anche lui cosí che Giornaletto può riprendere a ballare. Poi si guarda intorno con lentezza. Tranne Venturino ci sono tutti. Matteo, Brasile, Aniello, Nicola, Carmelo, Marcello. Qualcun altro che intanto è uscito. Matteo e Brasile stanno seduti soltanto. Non parlano, non mangiano, non guardano, non si guardano.

Su un'altra cosa potrebbe scommettere. Che nessuno si permetterà di fargli capire che sa.

«Si può dire, – pensa improvvisamente, – ma dopo».

E realizza di avere imparato una regola. Non l'ha mai sentita prima eppure a un tratto la vede chiaramente, è sicuro che esista, e proprio nella forma venuta miracolosamente da lui. Si inchioda allo sgabello del bancone per tutta la mattinata, che uno che ha fatto una scoperta del genere si deve comportare all'altezza.

Si avvicina Giornaletto.

– Ti si' fatt' 'o shampoo c' 'o ragú? – fa Rosario indicando con gli occhi il mercuro cromo. Da vicino si vede pure la crosta della ferita, mezza tolta. Dev'essere stato uno con l'anello.

Giornaletto alza gli occhi al cielo e si lecca l'angolo della bocca. Rosario gli fa una risata in faccia. Anche lui ride, ma non capisce.

– Hai visto chi è muorto? – dice Giornaletto.

– Nz'.

– Leprotto. Te lo ricordi?

– Come.

– Eh. Stammatina, – finisce Giornaletto.

Rosario toglie la cannuccia e succhia le goccioline rimaste attaccate. Giornaletto si avvia verso la porta, dove riprende il balletto imbecille.

– C' he' scassat' 'o cazzo, Giurnale', – fa Brasile.

Rosario guarda verso la sala interna. Aniello e Nicola stanno facendo a chi la dice piú grossa sulle mamme. Carmelo e Gaetano tifano ora per uno ora per l'altro. Rosario vorrebbe andarsi a sedere con Matteo e Brasile che adesso si stanno dicendo qualcosa (commentano una partita, forse), ché dove sta già si è rotto le palle.

Arriva Casaluce (la macchina si riconosce prima che si fermi davanti al locale). Giornaletto si siede e si mette a leggere i tovaglioli, Brasile e Matteo cambiano discorso, Aniello e Nicola diventano tutti composti, Carmelo e Gaetano si mettono le mani in tasca quasi nello stesso momento.

Rosario rimane soddisfatto al suo posto. Il contegno che ha già addosso non potrebbe capitare piú a proposito. Dal bancone può disprezzare a pieno titolo la compostezza rattrappita degli altri. E Carmelo, che è cretino, non si accorge che sedendosi anche lui al bancone va a mettere la mano in bocca al cane. Rosario aspetta che prenda posto sulla sedia e poi, quando non può piú scappare, gli si rivolge col sorriso tirato tutto da una parte, facendo scorrere il dito lungo il cerchio della Sprite: – E che è, se n'è andata la corrente?

Casaluce entra brandendo le chiavi della macchina. Ordina un bitter da lontano. Tutti lo salutano col nome di battesimo. Rosario gli fa sí al contrario con la testa. Lo accompagna con gli occhi mentre sceglie il tavolo di Aniello e Nicola per sedersi.

Tanto muori. Non ti preoccupare che muori.

Casaluce ha una quarantina d'anni, almeno Rosario e gli amici cosí sanno, ma ne dimostra di piú. Forse per il grasso, che gli scende dal mento alle cosce e gli fa due zizze che si vedono pure da sotto la giacca. O forse per i ciuffi di peli sulle dita. Oppure è il diabete che lo invecchia. Rughe non ne ha, ma la faccia, anzi proprio la testa, tutta quanta, ha un'affabilità che appartiene a certi anni e non ad altri. Si veste bene e si profuma, ha delle belle giacche e poi è fissato con le scarpe. Sta sempre a guardarsele, ogni tanto si appoggia da qualche parte o a qualcuno con cui sta parlando, solleva un piede fino all'altro ginocchio e ci passa inutilmente la mano sopra.

(Rosario e Damiano erano al tavolo. Casaluce era in fondo, seduto anche lui, non li aveva visti entrare. Damiano gli dava le spalle. Quando si era accorto di Rosario, Casaluce l'aveva chiamato ad alta voce. Rosario era scattato in piedi come un cane ammaestrato. Damiano, sveltissimo, l'aveva bloccato su una spalla e poi l'aveva rimesso a sedere, lentamente. Si era fatto silenzio e Casaluce aveva lasciato stare. Dopo un po' aveva chiesto un caffè. Allora Damiano aveva bevuto un sorso lungo dal bicchiere e aveva detto a Rosario: «Tiene il diabete, mi ricordo bene?», e Rosario aveva risposto «Sí!!» Damiano aveva aspettato che gli portassero il caffè, poi si era alzato, aveva preso il contenitore dello zucchero dal bancone e si era andato a sedere al tavolo di Casaluce. Rosario lo guardava dal suo posto. Si era fatto bianco in faccia, quel pezzo di merda).

Rosario non l'ha mai detto a nessuno quello che ha visto quella sera poco lontano dal campetto. Forse Casaluce dalla macchina si era accorto di lui, e si era pure divertito. Teneva la testa di Venturino con tutt'e due le mani. Venturino faceva un lamento debole, chiedeva di respirare. E quello niente, lo lasciava quando diceva lui. Venturino allora pareva mezzo morto, era stravolto in faccia, gli occhi stremati di fatica. Continuava a succhiare a vuoto per acchiappare aria. Nemmeno allora Casaluce gli lasciava la testa.

(«Prendiamocelo bello dolce, il caffè», aveva detto Damiano guardandolo dritto negli occhi. E aveva cominciato a riempirgli la tazzina. Un cucchiaino. Due. Tre. Quattro. Cinque. Finché la tazzina si era fatta stracolma di zucchero.

«Bevi»).

Si è formato un capannello intorno al tavolo di Casaluce. Rosario dal bancone fuma e sente. Un negozio. Vernici e ferramenta. Due persone soltanto, piú una vecchia alla cassa. Matteo dice che tiene da fare e Rosario pensa: «Come no, le pulizie»; Aniello non parla; Nicola niente; Gaetano dice «Io» e Rosario si gratta in faccia («A te se ti pigliano fai nome, cognome e numero di telefono»). Uno alla volta scheda i suoi amici obbligati ad andare o non andare, a giustificarsi, a rispondere. Lui, l'eccezione alla regola.

4.

La signora del piano di sopra esce con la scopa per pulire davanti a casa. Ha pure un panno quadrettato nell'altra mano, per i pomelli e la targhetta. Come mette fuori il primo piede inciampa. Sullo zerbino c'è una busta di plastica. Un garzone di salumeria che ha sbagliato porta? La signora accanto che voleva le mani libere per cercare le chiavi nella borsa? Si china, la apre. All'inizio la voce non le esce. Poi manda un urlo di viscere. Scaraventa la busta per terra, lontano, quasi fino alla porta di fronte. Si tira indietro per tenersi a qualcosa. Il corpo che conserva il ribrezzo. Porta la mano alla bocca come per assecondare il vomito invece di trattenerlo. Il silenzio che segue sembra fatto apposta per preparare l'arrivo della gente che esce dalle case per sapere. La signora urla di nuovo, fa due singhiozzi lunghi e si abbandona a un'invocazione scombinata di santi. Ha la voce guastata, di bambina vecchia, insopportabile.

Nonna Lilina, che in quel momento sta andando e venendo senza motivo dalla sua camera alla cucina, si precipita alla porta del bagno e bussa.

– Sariú, Sariú.

– Eeh, – risponde Rosario dall'interno.

– Senti a questa come allucca?

– Sento, sento, – dice Rosario con calma. Poi ridacchia.

Nonna Lilina fa silenzio e rimane perplessa dietro la porta. Rosario si guarda nello specchio e si tappa il naso.

– Sariú, – lo chiama di nuovo nonna Lilina in tono vagamente indagatorio.

– Eeh! Che è?
– Ma che staie facenno? – E ritorna perplessa.
– Niente, ch'aggia fa'.
– Ma perché allucca?
– Che ne saccio.
Nonna Lilina tende l'orecchio e si concentra.
– Ma che dice, non si capisce, 'a jatta morta, tam-zò... 'a jatta morta e le preghiere... *le preghiere*? *'O libbretto d' 'a messa*?
Rosario apre la porta. Nonna Lilina ha la faccia rappresa in un penoso imbarazzo per le urla che ancora si sentono. Lo guarda come se da lui dovesse venire una spiegazione. Rosario la prende per il braccio.
– Assiettate, che ti si' aizata a ffa'?
– Vulevo capí...
– Eh, vulevo capí. 'O maresciallo Rocca.

La signora non urla piú, pure la gente dalle finestre e dai pianerottoli ha smesso di parlare e di chiedere. Nonna Lilina mette a riscaldare le polpette. Rosario si rifà i capelli con la gelatina. Si alza sulle punte per raggiungere lo specchio, sorride; e anche se i canini gli straripano, in questo momento non cambierebbe la sua faccia con quella di nessun altro.
È stato bravo stamattina quando s'è alzato, e pure dopo al Burger. Mica è facile comportarsi normalmente quando i pensieri tirano da una sola parte e il corpo vorrebbe rintanarsi e aspettare. Si attorciglia la ciocca preferita, accosta lentamente la faccia allo specchio e si bacia. Con la lingua cancella dalle labbra il freddo di cosa morta. Aspetta che l'impronta sullo specchio si ritiri scomparendo in una luce minuscola, fa scorrere l'acqua senza bisogno, chiude il rubinetto, respira, esce dal bagno. Si affaccia fuori. L'odore delle polpette. Nonna Lilina s'è portata il piatto in camera. Dalla porta socchiusa si sente la musica della *Ruota della Fortuna*.

Rosario va in camera sua, si spoglia, apre l'armadio, prende il completino da pallone e la tuta da ginnastica. Trema un poco con le mani. Mette i calzoncini corti e la maglietta con il numero. Si guarda nello specchio lungo della porta. Un piccolo calciatore.

Ha tutto il tempo ma fa in fretta. S'infila i pantaloni della tuta e le scarpette, che non allaccia. Va in cucina, apre la dispensa, prende un filone di pane, ne strappa un buon pezzo. Le polpette non le vuole, apre il frigorifero. C'è una scatoletta di tonno cominciata. Sventra il pane con i pollici, ci vuota sopra la scatoletta, richiude, dà un morso profondo. L'olio cola per la mano. Lo lecca da sotto in su. Guarda il pezzo di pane ruotando il polso di qua e di là. Non è tanto grande. Sarà quanto un pugno. Se lo infila in bocca in una volta. Butta giú la testa e divora. I bocconi sono grossi e fanno male quando ingoia. Beve dal rubinetto, si asciuga col dorso della mano. Prende una sedia e torna in camera, accosta la sedia all'armadio. Dalla casa a fianco viene un motivo che conosce. Voce di donna, ma è un uomo che canta. Rosario sale sulla sedia, tira giú dall'armadio la borsa degli allenamenti, la posa sul pavimento, si piega sulle gambe (in quel momento sente nel naso l'alito di tonno), apre la lampo. L'asciugamano piegato in tre, e le altre scarpette da pallone vicino. Rosario toglie la pistola dall'asciugamano. Controlla la sicura. Annusa la canna. Controlla di nuovo la sicura.

(Deciso. Quando alzi la pistola non la devi guardare piú. He' 'a cummanna').

Rosario riavvolge la pistola nell'asciugamano, chiude la borsa e si allaccia le scarpe. Si rialza. Gli gira la testa per un lungo attimo. Non c'era bisogno di rimettersi in piedi cosí di scatto. Va da Gesú Cristo appeso sopra il letto. Lo tocca tre volte sulla testa, si porta la stessa mano alla bocca.

(Lo sai che fa uno quando ci punti la pistola? Ti guarda. Ti guarda dritto in faccia. Vede se tieni le palle).

Rosario s'infila la giacca della tuta, raccoglie la borsa, si avvia, si ferma davanti alla porta, si gira. Passa davanti alla stanza di nonna Lilina (ha spento), esce di casa.

Rosario va a uccidere con la testa piena di ordini e una specie di ignoranza. Sente tutta la responsabilità delle istruzioni ma non del risultato che ne verrà. Si è addestrato all'ubbidienza fino a sviluppare come un disinteresse per quello che dovrà succedere, fino a pensare all'uomo che ammazzerà come a una conseguenza meccanica delle istruzioni, a un fatto, una cosa che lo riguarda solo in quanto prova morente dell'esecuzione.

Rosario è agile nelle scarpe da ginnastica. Ha il passo costante sui marciapiedi vuoti del primo pomeriggio. C'è il sole e scotterebbe pure, se non fosse per un venticello che spettina. Rosario esce dal suo quartiere e scende nella metropolitana. Non gli piace la metropolitana, non la prende mai perché non vuole stare sottoterra. Fa le scale fisse e guarda con invidia le teste delle persone che sbucano dalle scale mobili che salgono alla sua sinistra. Nel corridoio che porta alla biglietteria tira una corrente d'aria che sa di gomma vecchia e ferro bruciato. Rosario affretta il passo tra la gente che lo affianca e lo supera e quella che gli viene incontro.

Esce su uno spiazzo pieno di luce artificiale dove ci sono un negozio d'impianti stereo quasi tutti da macchina, un bar, un fotografo e un'edicola. Perde l'odore del corridoio quando si mette in coda alla biglietteria. Cinque o sei prima di lui, ma la fila scorre. Rosario infila il braccio nelle maniglie della borsa, se la poggia sulla spalla e aspetta il suo turno. Ci sono due carabinieri davanti all'edicola. Uno butta l'occhio alle guide turistiche sulla colonnina girevole, sale e scende con la testa, canticchia, sembra finito per caso nell'uniforme, è quasi simpatico. Il collega invece si dondola sui tacchi con le mani dietro la schiena e si guarda intorno con la faccia intelligentissima. Rosario non si preoccupa. Coi soldi contati fa due biglietti, esce dalla coda, passa il biglietto nell'obliteratrice che sblocca la barriera automatica. Solleva la borsa con tutt'e due le mani, spinge il braccio di metallo con il fianco, prende le scale che vanno ai treni.

Nella galleria c'è poca gente che aspetta. Su una panchina a rete una vecchia con una busta di plastica e un cappotto che arriva fino a terra si gratta fra i capelli e impreca. Rosario cammina davanti al tabellone delle fermate e fa la conta di quelle che lo riguardano. Sta pensando alla pubblicità di un bagnoschiuma quando arriva il treno.

Con lui salgono una signora sui sessant'anni e uno col riportino e i baffetti macchiati di fumo. Rosario guarda dove si mettono, poi va a sedersi accanto al finestrino, da un'altra parte. La borsa la tiene sotto il sedile, mezza in fuori, per cinghiarla con i piedi. Si avvolge il torace nelle braccia e piega la testa di lato come i vecchi.

Quando il treno parte l'uomo con il riportino si sta ancora sistemando le spalle nella giacca (infatti sbuffa; e che ti sbuffi, pensa Rosario. Fai che il treno ti doveva chiedere permesso. Disprezza questo genere di persone, soprattutto gli uomini. Si lamentano continuamente che le cose non vanno bene, e fanno sempre la faccia del torto ricevuto, le sopracciglia «dopo tutto quello che ho fatto». Sono meglio loro, con quelle giacche del mercatino, gli occhiali di quando si sono sposati, quelle stanghette ridotte al bianco che spuntano da dietro le orecchie, quei borselli di cuoio con la tracolla, pieni di tasche, che quando aspettano il pullman e tirano fuori le sigarette e l'accendino sempre dallo stesso taschino chiuso con la fibbia all'ultimo buco li vedi che si guardano intorno se per caso qualcuno gli vuole chiedere una sigaretta; e stanno sempre con la paura che gli levano quelle quattro miserie che non vogliono spartire con nessuno, però tengono il posto, loro, il posto statale. Perciò parlano).

Col pensiero Rosario si alza, gli va vicino come se volesse scendere alla prima e mentre quello se ne sta con gli occhi socchiusi lo afferra all'improvviso per i capelli. Lo piega fino a farlo cadere in avanti e lo colpisce forte dietro la testa con il gomito. La signora si alza e scappa verso la porta. L'uomo è rimasto a quattro zampe, non vuole nemmeno vedere chi lo ha aggredito, cerca di recuperare gli occhiali. Fa un lamento debole, femminile. Rosario lo batte di nuovo, con la punta del piede, su un orecchio. Quasi lo rivolta. Poi gli schiaccia gli occhiali. Il rumore del vetro. La montatura che non si potrà piú riparare.

Mentre l'immagine sfuma, Rosario toglie finalmente gli occhi dall'uomo che non sospetta i suoi pensieri. Rosario conosce molto bene questo tipo d'impunità. Sa come funziona e come si usa. Nessuno pensa che da lui possa venire qualcosa di male. Può mettere gli occhi dove vuole, passare dove i grandi non possono, a volte restare dove a loro non è permesso. Guardano sempre tutti da un'altra parte.

L'uomo incrocia le mani all'altezza della cintura. Vorrebbe fare qualcosa come ingannarsi di dormire. Si sforza vistosamente di tenere gli occhi aperti, oppure fa davvero fatica. La testa gli cade all'indietro, la bocca si apre da sola e fa come una barchetta che dondola.

Rosario guarda l'orologio.

C'è tempo. C'è tutto il tempo.

Il tempo fa la prima fermata. La signora scende. Dal finestrino Rosario la guarda allontanarsi nella luce gialla della sotterranea. Ha gambe corte nei pantacalza neri, un giubbotto da maschio, è grossa di spalle e di braccia. Cammina svelta ma dà un po' all'indietro, come si sforzasse di tenere la schiena diritta. Sarà una femmina delle pulizie.

Chissà sua figlia com'è, pensa Rosario. Se le somiglia.

Rosario poggia la fronte al finestrino e guarda fisso nel vetro fino a togliergli la trasparenza. Da cosí vicino, l'odore di quello sporco si sente in bocca. È salato e familiare. Sa di mani, di ferro e di fuliggine. Rosario prepara la lingua e pensa: una volta, una volta sola, e andrà tutto bene.

Poi ingoia.

5.

Rosario arriva sul posto con l'anticipo previsto. I negozi sono ancora chiusi e non c'è traffico. Passa una macchina ogni tanto, con una lentezza fatta apposta, che indispone. Rosario cammina lungo il marciapiede macchiato dal sole del primo pomeriggio.

A pochi metri dalla galleria della madonnina c'è una tavola calda con la vetrina dei piatti pronti visibile dal marciapiede. Un vano è bar, nell'altro fanno servizio ai tavoli (c'è pure la televisione, su un leggio inchiodato a pressione in un angolo alto del muro). Tra i due ambienti non ci sono porte, quindi l'odore di cucinato è padrone. Sul pavimento ogni tanto spicca una mattonella che non c'entra con le altre.

Il barista, un uomo magro con la pancia, sta sciacquando le tazzine quando vede Rosario entrare. Senza interrompere il suo lavoro si piega lateralmente verso la maniglia del frigorifero basso reggendosi su una gamba sola, apre lo sportello, con un colpo di dito spinge verso l'esterno un succo di carota e lo riceve con la stessa mano. Rosario va al bancone e ordina un succo di carota. Il barista tira su la bottiglietta, lo serve, risciacqua la tazzina che gli era rimasta in mano, la mette a testa in giú insieme alle altre e si stabilisce alla macchina del caffè. Rosario non lo guarda, comincia a bere e osserva il locale. Non c'è nessuno. Solo un ragazzino della sua stessa età, camicia bianca e pantalone nero, che guarda la televisione stravaccato su una sedia nella sala dei tavoli.

Dalla cucina esce una donna in grembiule bianco, i capelli tinti di un nero cosí forte che dà sul blu e pare il cielo di notte, il doppio mento che le tiene tutta la testa come un collare da ingessatura.

– Ancora staie llà! ? – Si strofina le mani in uno straccio, lo posa sulla spalliera di una sedia, si dà una lisciata robusta agli avambracci come quando ci si mette la crema per il sole.

Il cameriere bambino non la cura.

– Mò basta mò. So' vinte minuti che hanno chiamato. Che ti credi, che ti teniamo per bellezza a te? – riprende la signora, e butta un'occhiata all'altro vano del locale come in cerca di una faccia che la ricambi, approvando.

– Ma qua' vinte minuti, né ma'. Sta qua di fronte, subito vado.

La signora gli promette qualcosa tra i denti, si riprende lo straccio e rientra in cucina sbattendo gli zoccoli.

Entra un bambino con mille lire strette nel pugno e si mette a scorrere con gli occhi la locandina di metallo dei gelati.

Rosario ha bevuto metà bicchiere quando suona il telefono dietro al bancone. Il barista dice pronto e riattacca. Rosario manda giú in un sorso il resto del succo di carota. Il barista gli toglie il bicchiere da davanti, lo supera con lo sguardo e contemporaneamente annuisce.

Rosario entra nella galleria. Inizia a camminare, regolando il passo sulla madonnina in lontananza. Alla sua sinistra, ogni due metri, una nicchia scavata nel muro manda una luce umida. C'è puzza di piscio e di muffa. Rosario si volta verso l'entrata. Non c'è nessuno. Continua a camminare spingendo appena il passo all'indietro. Mentre aspetta l'uomo con gli occhi, la paura lo afferra. Comincia a dubitare, comincia dalle gambe. Una quantità di pensieri maligni lo attacca da piú lati nello stesso tempo. Si paragona al peso della pistola, alla velocità e alla concentrazione fredda che le istruzioni richiedono, all'eventualità che arrivi qualcuno da un momento all'altro, al dovere di finire quello che ha cominciato.

L'uomo appare in fondo alla galleria. Rosario annaspa, tenta di recuperare ma è peggio, le gambe lo reggono a malapena. Abbassa la testa e si trascina in avanti. Allora vede Vito per terra. Sente le voci di quelli che chiamano pezzo di merda lui e puttana la madre mentre lo fanno saltare da terra a calci. Lo vede piegato in quello schifo, con il sangue in bocca, che si apre e si chiude a ogni colpo. Alza la testa. La rabbia viaggia lungo la spina dorsale, gli arriva nei denti e lo salva. Guarda l'uomo che viene verso di lui, lo rivede per la prima volta. È un capolavoro. È lí, è arrivato, ci sono loro due soltanto nella galleria, è tutto come doveva essere. Sente le narici che si allargano. Trattiene il sorriso. Partono le istruzioni.

Si ferma, posa la borsa a terra, si siede sui talloni e apre la zip. Tira fuori le altre scarpette e le poggia accanto alla borsa. Rimette le mani dentro, toglie la pistola dall'asciugamano e la lascia sul fondo. L'uomo si fa portare dai passi, la galleria sembra essergli familiare. Cammina senza sospetto, è uno che deve arrivare dall'altra parte. Ha visto il bambino con la tuta che apriva la borsa degli allenamenti come se avesse dimenticato qualcosa, ma lo ha trascurato nello stesso momento in cui se n'è accorto. Rosario tira fuori l'asciugamano, se lo poggia sulla spalla, sbuffa, finge di rovistare nella borsa con tutt'e due le mani.

(Caccia tutto fuori. Deve restare solo la pistola dentro. Una cosa qualunque ti può finire fra le mani e ti può fottere all'ultimo momento).

L'uomo è di fronte a Rosario, gli mancano due o tre metri per raggiungerlo e superarlo. Rosario afferra la pistola con la destra, la tira fuori dalla borsa e contemporaneamente si rialza. Muove dal basso verso l'alto in senso circolare, come aprisse una porta. Libera la sicura, tiene a bada il dito che trema sul grilletto. L'uomo si ferma. Rosario lo guarda in faccia. Non ha reagito per niente alla vista della pistola. È rimasto in un principio di attesa, si è mosso e non si è mosso, quella specie di bilico, quella sporgenza che il corpo prende quando non si riesce ancora a capire ma si sa che manca poco. Se Rosario lo avesse fermato per farsi indicare il campo di calcio, quello lo avrebbe guardato allo stesso modo. Eppure la pistola l'ha vista. Ce l'ha davanti agli occhi. Semplicemente non ci crede.

Un momento prima di sparare Rosario sente nella mano, insieme alla pistola, la vita che sta per togliere. È una sensazione che gli va dritta alla testa, una porta che gli spalanca il mondo davanti agli occhi in una luce magnifica.

(Da vicino, subito. Tieni la mano ferma e tira. Se non lo pigli subito in faccia non fa niente, ma non devi scendere piú sotto del petto).

Il colpo entra tra la spalla e il collo. L'uomo non dice e non urla. Si afferra la gola e sbarra gli occhi su Rosario. Rosario si sposta all'indietro di un passo continuando a puntargli in faccia la pistola. Sente l'odore di bruciato. Vorrebbe essere già fuori.

(Da questo momento non guardarti piú indietro. Pensa solo all'uscita).

Rosario si toglie l'asciugamano dalla spalla e lo butta per terra. Solo adesso l'uomo capisce che è tutto vero. Con la mano alla gola si aggrappa alla vita che gli resta. Guarda Rosario dal basso in alto e Rosario incontra i suoi occhi finalmente consapevoli. Stringe forte il calcio della pistola. L'uomo cerca l'aria tra i fiotti di sangue che gli fanno boccone in gola e straripano di bocca attraverso piccoli urti continui, però non leva gli occhi da Rosario, quasi lo ritenesse piú importante della ferita che gli ha aperto. Rosario non spara. «Che cazzo è?» pensa sbalordito. L'uomo non smette di fissarlo, lo guarda con una spaventosa dignità. Rosario reagisce con rabbia. *Vafangulovafangulo*, ringhia. Spara ancora, due volte. L'uomo si ripara con il braccio, urla. Rosario lo prende al petto e alla mano sinistra. L'uomo si contorce e si tiene al muro con la mano ferita. Ha solo tre dita, adesso. Rosario guarda verso l'uscita. Non c'è nessuno. Non sembra neanche vero tanto silenzio.

L'uomo è a terra. Ha fatto un brutto rumore, il corpo non ha reagito alla caduta. Rosario si ricorda la prima volta che ha sentito il rumore dei pugni. Quattro cinque anni prima, mentre comprava le figurine dal giornalaio. Uno aveva appena parcheggiato, l'altro diceva ma che non mi hai visto che stavo aspettando da mezz'ora, e cosí si erano afferrati come due cani con la rabbia, e Rosario che era proprio là aveva visto tutto, non era una lotta, era una rissa a due, era una cosa bruttissima a vedersi, una cosa senza regole, senza rispetto, si battevano in faccia, sulla testa, con le mani chiuse e aperte, si mancavano piú che colpirsi ma quando si colpivano facevano un rumore spaventoso, Rosario non ci poteva credere che due uomini potessero fare un rumore cosí secco e morto, e dopo aveva dovuto raccogliere le figurine da terra perché le mani gli si erano aperte dalla paura.

L'uomo rantola. Sembra un animale che ha ingoiato del veleno. Strofina la faccia nel suo sangue e nello sporco come cercasse di risalire. Ha raccolto le mani sulla pancia. Le gambe hanno già preso la stortura dei morti ammazzati, quella divaricazione senza armonia che le fa sembrare squarciate, separate per sempre. Una trema appena un poco. L'altra tira a scatti verso l'alto. Poi tutto il corpo sussulta e si blocca.

(Guarda bene. Lo devi lasciare che non si muove. Lo vedi se è morto. Uno morto diventa pesante, tanti pezzi tenuti con lo spago, hai visto mai i capretti quando il macellaio li piglia dalla vetrina prima di spaccarli con la mannaia, hai visto quando li butta sopra al marmo del bancone: le zampe, la testa, le cosce non cadono insieme, cadono una dopo l'altra, e lo sai perché, perché sono morti).

Rosario muove l'uomo con il piede. È come una grossa cosa ingombrante. Si abbassa per l'ultima istruzione, ma quando prende l'uomo per i capelli e sente quanto pesa capisce che non c'è piú bisogno di sparare. Lo tiene un altro secondo e lo lascia.

La testa tocca terra per prima. Le braccia arrivano subito dopo, è un momento ma è un tempo che passa, perfettamente percepibile.

Rosario si rialza, raccoglie l'asciugamano e le scarpette, spinge tutto in borsa. Mette la sicura alla pistola e la infila tra le pieghe dell'asciugamano. È lucido e svelto, non guarda ai due lati della galleria. «Ho finito, ho finito». Si toglie la giacca della tuta, poi i pantaloni. Sente uno schizzo nelle mutande mentre si piega. Appallottola i panni nella borsa e richiude. Apre le mani e se le guarda. Poi gli avambracci. Non sembra macchiato. Si tocca in faccia e nei capelli. Si guarda ancora le mani. Afferra la borsa per i manici e si allontana. Esce dalla galleria. Un piccolo calciatore.

(Senza scappare. Non c'è bisogno. Pure se sentono, prima di arrivare aspettano).

Rosario prende le scale che salgono al quartiere nuovo. Le fa due alla volta, guardando i gradini e battendo un ritmo continuo con i denti per occupare l'udito. È quasi in cima quando sente come un soffio sul dorso della mano destra. Si guarda. È sporca di sangue. Senza fermarsi pensa: quando l'ho alzato per i capelli. Gli viene da pisciare.

(Se ti resta sulle mani non ti pulire addosso. Lo sai come devi fare).

Rosario prende il sangue con la bocca. Lo schiaccia il piú possibile contro i denti. Piú tardi lo ingoierà, piú a lungo terrà lontano il vomito. Finisce le scale, si affaccia sulla grande curva a gomito prima del bivio per il quartiere nuovo. Guarda i due lati della strada, poi attraversa. È bella la luce, sembra un giorno qualsiasi. Lontano distingue il camice bianco di una signora grassa che si china per aprire la serranda di un negozio. Lungo i marciapiedi ci sono ancora dei posti liberi. Tra mezz'ora si farà a mazzate per parcheggiare, pensa.

(Vattene sotto i balconi. Guarda avanti. Mai verso l'alto. Mai indietro. Cammina normale senza correre).

Rosario se ne va mentre la saliva si mescola al sangue del morto e gli gonfia la bocca. Non sente voci alle spalle. Nessun grido, nessun allarme, nessuna sirena, niente. Comincia a sudare per lo sforzo. Incrocia una ragazza con un cane e un uomo in canottiera che esce da un portone, poi s'immette sulla via principale del quartiere. Adesso è facile. Supera un palazzo, poi un altro, poi gira, poi attraversa, una volta e un'altra ancora. È finita, ormai è già abbastanza lontano, non ci passerà mai piú per quel posto di merda.

Poco piú avanti il marciapiede si allarga in uno spiazzo con due aiuole a triangolo e qualche panchina di cemento. Rosario allunga il passo sperando in una fontanella, e quando la vede (un lavabo circolare sorretto da una colonnina di ceramica, che manda un getto d'acqua esagerato verso l'alto), non riesce a impedirsi di correre.

Su una panchina, un signore senza giacca accavalla le gambe in direzione sua. Rosario arriva davanti alla fontana, senza neanche posare la borsa si aggrappa ai bordi e apre la bocca sullo zampillo. Un fiotto rosso copre il getto dell'acqua. Rosario butta la faccia all'indietro, posa la borsa per terra, si strofina con il dorso della mano destra. Il signore della panchina lo guarda con preoccupazione. Rosario sputa e accompagna il sangue con le mani verso il risucchio dell'acqua. Il signore si alza e camminando curvo in avanti tende le braccia verso di lui. Rosario lo guarda con la coda dell'occhio mentre si sciacqua.

– Che tieni, ti senti male? – chiede l'uomo. È sulla settantina, la voce ansiosa di uno che è nonno di nipoti piccoli.

Rosario si volta e quasi sorride nel rispondere.

– Nonò, – dice, mentre col mignolo fa per sollevare il labbro, – calcio d'angolo.

Il signore buono lo tocca sulla spalla, si gira e si avvia verso la sua panchina. Rosario sciacqua e sputa, sciacqua e sputa, sciacqua e sputa. Riprende la borsa e se ne va.

Scende un'altra volta nella metropolitana. Adesso c'è molta piú gente. Sente ancora il sapore del sangue, ma almeno la bocca è fresca. E poi è contento. Passeggia in mezzo alla gente che aspetta, sente quello che dice. Due ragazzi sui vent'anni stanno parlando di università. Fanno il nome di un professore, allora un negro là vicino, vestito da italiano, s'intromette.

– Pure io lo conosco a quello stronzo!

Gli studenti si guardano e poi ridono. Rosario rimane da quelle parti.

– Tre volte, tre volte me l'ha fatto fare, – dice il negro.

I ragazzi fanno amicizia. Quando arriva il treno salgono insieme.

Rosario continua a sentire le loro chiacchiere mentre si fa strada fra la gente che occupa i primi posti disponibili. Va a cercare un vagone piú vuoto. Si siede sul sedile riservato agli invalidi, tanto non ci sono mai. Sistema la borsa come ha fatto all'andata. Il treno parte. Rosario si stringe forte il cazzo.

Alla prima fermata scende parecchia gente. Entra un bastardino bianco e marrone. S'infila sotto due sedili, fa un giretto su se stesso per trovare la posizione, incrocia le zampe anteriori con una lentezza nobiliare e ci appoggia svogliatamente il muso. Poi butta un'occhiata distratta a Rosario e si fa i fatti suoi.

«Vide a chisto», pensa Rosario.

Le porte si richiudono e spingono dentro come un fumo caldo che scompare subito e diventa odore guasto. Il treno riparte. È salita una ragazza sui vent'anni, vestita un poco fuori moda, tutta chiusa, con un libro da studiare, però bellina di faccia. Prima che entrasse nella carrozza,

Rosario l'ha sentita chiedere un'informazione sul percorso del treno. Dalla domanda si capiva che non sapeva usare i mezzi pubblici («Scusate questo mica va a...»: e se fosse andato dove diceva sarebbe stato il senso opposto); di quegli angosciati che appena salgono devono chiedere, e lo fanno col timore di uno sbaglio grave, il pensiero orrendo di accorgersi, quando ormai non possono piú scendere, che la strada non è quella e non sapranno piú tornare.

Con la coda dell'occhio Rosario la controlla quando si sceglie il posto, impratica e ansiosa di disturbare i viaggiatori che sono lí da prima. Nella sua inettitudine valuta la propria esperienza. Lui in metropolitana ci sa andare. Lui sa dove scendere. Lui sa entrare in un treno e sedersi con disinvoltura. Incrocia le braccia, stende le gambe e le accavalla. Poi, senza guardarla, tutto appuntito e migliore, l'aspetta.

La ragazza apre il suo libro sulle ginocchia, ma è troppo vigile con gli occhi per sembrare interessata a leggere. Rosario incastra tra le cosce le mani giunte, inarca le spalle e si dondola in avanti tenendo la testa alta. Guardando altrove la tiene d'occhio. È agitata. Ha preso il treno giusto, ha trovato da sedersi ma ancora non si calma. Forse il treno quasi vuoto, o il pomeriggio presto, o il treno quasi vuoto il pomeriggio presto, la spaventano. Rosario scommette che tra poco si alzerà, per cambiare carrozza oppure stare in piedi, piú vicino alla porta. Vuole imparare com'è fatta finché è ancora vicina.

Rosario sbatte contro qualcosa. La spocchia gli muore addosso. Ha sentito un dolore, però di sapore dolce. Gli occhi fanno fatica a reggere la ragazza, ma non vogliono staccarsi. Sente tutto il suo essere che s'indebolisce, che diventa generoso e gentile, che dice sí e sí. Purché anche lei lo guardi, almeno di sfuggita, almeno nell'andarsene, almeno una volta.

Da quando Caterina è morta, ogni giorno Rosario l'ha dimenticata un poco. Il ricordarla sempre gliel'ha tolta.

Rosario si accorge che dove perde la memoria si mette a inventare, e gli sembra di tradirla quando riempie i vuoti. Da un po' di tempo la prega, Caterina, dice, l'angelo mio.

Quello dei particolari è uno dei furti piú brutti della morte, dice nonna Lilina. Ti toglie i gesti, le smorfie, la faccia di chi se n'è andato.

Rosario ha visto Caterina, la Caterina di carne che ha conosciuto e perso. Non è l'angelo suo ma una persona, non è Caterina ma un'altra, eppure la riconosce.

Cateri', so' io. Quanto tempo non ti vedo. Stai bene con la frangetta, pure se non sei bella. Non fa niente se non sei tu, guarda come ti somiglia. Fa con gli occhi come a te. Ha paura come a te. È buona come a te.

Forse la ragazza si è accorta di essere guardata, ma non ha il coraggio di alzare gli occhi dal libro. Rosario immagina di chiederle il permesso di toccarle i capelli, come si fa per strada con quelli che portano a passeggio i cani piccoli. Ma non oserebbe mai, e lo sa. Non si avvicinava mai a Caterina se lei non lo chiamava.

Allora finge di dormire, cosí che la ragazza pensi che non ce l'aveva con lei. Poi, come quando ci si abbandona alla stanchezza per isolare la quantità di un dolore che chiama, si distende e ricorda.

6.

A Casa Letizia le ragazze non sembravano sfortunate. Erano pulite nei vestiti e nei capelli. Mettevano i panni che mandavano i parrocchiani, per lo piú tute, maglie, giacche a vento e scarpe da ginnastica. Il sabato pomeriggio uscivano, a gruppi di due o tre. Ma non si allontanavano mai troppo. Durante la settimana si sceglievano ognuna un compito.

Caterina cucinava e faceva i letti. Il venerdí mattina aiutava i volontari che arrivavano col furgone a portare i cartoni dentro. Anna e Stefania andavano a una scuola parificata. Lucia, la piú vecchia, aveva trentadue anni e la fiducia intera di don Alfonso, che la mandava a pagare le bollette senza mai chiedere. Ramra faceva la lavatrice e lavorava a maglia. Poco piú di una bambina, brutta e con dei bellissimi occhi infidi. Da quando stava a Casa Letizia si era abituata a lavarsi ma gli era rimasto quel giallognolo degli zingari. Gemma e Ninetta non ci vedevano ma della casa sapevano tutto. Se non trovavi una cosa ti sapevano sempre dire dov'era.

Dopo pranzo Anna e Stefania sparecchiavano e lavavano i piatti. Poi salivano in camera a studiare. Ramra accendeva la televisione sul programma con le famiglie che parlavano dei fatti loro e si rinfacciavano le cose. Pure Gemma e Ninetta seguivano la trasmissione. Si sedevano con Caterina e Lucia e quando volevano sapere qualcosa toccavano il braccio all'una o all'altra. Ramra si stancava puntuale alla seconda interruzione pubblicitaria, e se ne andava sul balcone a fumare di nascosto e a guardare la strada.

Ogni tanto dal piano di sopra si sentivano Anna e Stefania che litigavano. Durava poco, però, poi piú niente. A turno una si offendeva e l'altra non le dava soddisfazione. Non si parlavano fino a sera, poi facevano pace.

Quando il programma finiva, si spegneva la televisione e si aspettava il pomeriggio che passava. Caterina si sedeva su uno sgabello, ai piedi del balcone, e guardava il vetro. Certe volte si alzava di scatto e si premeva la bocca con la mano. Allora Gemma e Ninetta dicevano Luci' Luci', pigliala, pigliala, e Lucia correva da lei e la portava in bagno tenendole la fronte. Le diceva non ti sforzare se non ti viene, non ti costringere che poi è peggio. Lucia le dava i consigli perché aveva anche lei un bambino che però non la voleva vedere e stava con i nonni, in città. Caterina la lasciava dire ma non le chiedeva mai niente. Non parlava mai del suo bambino. Però tutti sapevano che sarebbe stata una femmina.

Caterina non si lasciava guardare. Quando qualcuno la avvicinava per una ragione qualsiasi, chiunque fosse, anche don Alfonso, subito si metteva a cercare per terra con gli occhi, come se le fosse caduto qualcosa. E c'era qualcosa di ruvido e di bello in quel modo di sottrarsi. Prendeva quello che le davi, ringraziava con dignità e lasciava come un desiderio, una cosa appesa, una voglia che non capivi, che ti faceva tornare. Aveva diciassette anni e il seno formato, di donna fatta, che si notava subito, pure sotto le maglie larghe.

Il venerdí i volontari facevano il giro dei portoni. Caricavano le buste e i pacchi già pronti negli androni dei palazzi. Panni, scarpe, pentole ancora buone, giornali, cartoni di pasta, pelati, latte a lunga scadenza, elettrodomestici da riparare o che funzionavano cosí cosí.

Casa Letizia era una delle prime a essere rifornite. Siccome i ragazzi dovevano finire le consegne entro le dieci, prima di partire telefonavano chiedendo che qualcuno si facesse trovare pronto per aiutarli a scaricare.

Quello era il compito di Caterina. Suo e di nessun altro. Che ci fosse il sole o l'acqua o il vento, lei usciva e aspettava il furgone sul ciglio della strada. Quando i ragazzi arrivavano, si faceva vedere con la mano. Loro accostavano in doppia fila e lei gli andava incontro. Se non c'era molto da portare, faceva da sola. Altrimenti uno dei ragazzi l'accompagnava mentre l'altro aspettava nel furgone.

Don Alfonso faceva la faccia realizzata quando una ragazza si dava un incarico e lo manteneva (diceva a quelli che lavoravano con lui: «È solo per questo che stiamo qua»), e anche se si sentiva un po' in colpa quando Caterina tornava carica come un facchino con la bambina in pancia, sapeva che era giusto lasciare che si costruisse da sola la sua utilità.

Tra i volontari di Casa Letizia c'era Santino, un nome che pareva fatto apposta. Aveva venticinque anni e abitava in una delle scale del palazzo di Rosario. Era bravo ad aggiustare le cose che servono in casa, e poi sapeva imbiancare le pareti. Si guadagnava da vivere cosí. Il tempo che gli restava lo dedicava agli altri.

Nel quartiere si raccontava che Santino la mattina presto andava a lavare i vecchi, gli teneva compagnia pure di sabato sera, li andava a trovare all'ospedale quando erano malati. Certe donne, quando parlavano di lui, dopo un poco si facevano la croce e mandavano il bacetto.

Tutte le volte che lo vedeva passare, bello, alto e sempre di corsa, Rosario perdeva la pace. Immediatamente il cortile gli appariva miserabile, e le voci delle donne che si parlavano da una finestra all'altra coi bambini che le tiravano per le gonne, l'alluminio anodizzato degli infissi, i cesti appesi con la corda, quel pulito finto delle cose, lo sbattere degli zoccoli, delle pentole, delle porte, quel cemento dappertutto, che il sole pigliava e mandava nell'aria facendone come una nebbiolina, una qualità della luce, quei culi scesi delle signore che si ritiravano con le buste di plastica, tutto improvvisamente lo circondava e lo stringeva come una vergogna sua personale, come la flagranza di una colpa che non ammetteva scuse, e lui stesso si accorgeva di quanto poco sopportasse il suo corpo e il suo modo di muoversi, quanto stupidi e infantili gli sembrassero i suoi amici, e allora rimaneva con un fastidio addosso che ci voleva tutta la giornata per mandarlo via.

E Santino invece, Santino cosí profumato di doccia, Santino sempre cosí indaffarato, Santino che sapeva di femmine, lui chissà dove andava, quanti posti belli conosceva dove sí che ci si divertiva. Lui non aveva niente a che spartire con quel condominio a quattro scale, quelle finestre striminzite. Lui usciva dal portone e subito poteva scegliere. Lui, quando sorrideva, sorrideva proprio. Lui quando camminava si notavano piú cose. Lui, un giorno o l'altro, poco ma sicuro, non l'avrebbero piú visto.

Però Santino di Rosario si accorgeva. Lo salutava per primo quando lo incontrava al portone. Se non aveva molta fretta si fermava pure, gli domandava come stava la nonna. Allora Rosario si sentiva tutto attaccato. Non sapeva rispondere, non gli veniva niente, doveva toccare per forza qualcosa. Il labbro di sotto cominciava a muoversi per i fatti suoi, e lui pensava che tra poco non ce l'avrebbe fatta piú a tenerlo fermo e quello si sarebbe messo a tremare, a sbattere come quando non si riesce a trattenere il pianto, e poi tutta la bocca si sarebbe accartocciata in una smorfia ridicola e l'avrebbe tradito, e allora lui avrebbe fatto l'unica cosa che gli rimaneva, sarebbe scappato, come uno a cui costa meno perdere la faccia che tenersela, come una femmina innamorata, con Santino che lo guardava da lontano allibito e divertito, e dopo che avrebbe pensato, che si era sbagliato su di lui, che non lo doveva trattare da pari a pari, che tante volte era pure ricchione?

E una domenica mattina, nonna Lilina entrò in camera sua tutta onorata. Gli disse che lo volevano. Rosario chiese chi e lei si mise a fare la misteriosa, a dare colpetti all'indietro con la testa, senza dire il nome. Rosario si alzò dal letto, non ci voleva credere ma aveva già capito, e quando uscí e trovò Santino che lo aspettava davanti alla porta, per poco non andò a terra dall'emozione.

Santino invece lo trattò con una confidenza naturale, manco avessero avuto appuntamento, e senza dargli il tempo di imbranarsi si scusò che andava di fretta e voleva solo sapere se il giorno dopo poteva accompagnarlo a Casa Letizia perché c'erano tante cose da portare e lui da solo non ce la faceva.

Rosario disse tre volte sí e poi, mentre si stramalediceva per avere ancora addosso i pantaloni del pigiama, sentí la voce di Santino che cominciava a spiegare. Casa Letizia l'aveva sentita nominare qualche volta, sapeva che era una cosa di preti, ma adesso che usciva dalla bocca di Santino già cominciava a piacergli.

Non è che capí molto. Le ragazze, le famiglie difficili, i vestiti e le cose da mangiare che mandava la gente del quartiere, quelli che ci lavoravano senza prendere soldi.

Ma Santino. Santino che aveva bisogno di lui. Il furgone con le cose sue dentro. Loro due insieme tutto quel tempo. Che si sarebbero raccontati tutti i fatti. Che poi sarebbero usciti la sera. Che in pochi giorni avrebbero imparato a intendersi con un'occhiata. Matteo, Aniello e Brasile che passavano a citofonare: «Ci sta Rosario?»; «Noo. È uscito già».

Santino gli diede appuntamento per la mattina alle sei e un quarto, poi si mise alla sua altezza piegandosi sulle ginocchia, lo prese per le spalle come si fa con gli amici importanti e davanti a nonna Lilina che non se ne andava disse: – Io ho bisogno che mi aiuti, abbiamo tante cose da fare e lo so che mi posso fidare di te.

La sera telefonò Aniello dicendo che loro andavano al bowling e se li voleva raggiungere. Un momento prima di dire sí, Rosario si accorse che era giusto rimanere a casa. Rispose che nonna Lilina non stava bene e rinunciò, perché cosí andava fatto.

Andò a letto presto ma rimase sveglio con gli occhi chiusi quasi tutta la notte. Pensava solo a quello. Il servizio in sé che lo aspettava, Casa Letizia che chissà com'era fatta, le ragazze che avevano bisogno, quella frase cosí seria di Santino prima di andarsene: «Se non lo facciamo noi non c'è nessun altro che lo fa». Aveva provato a concentrarsi per vedere se anche lui la pensava cosí, ma non era successo niente. Ora che Santino lo voleva, Rosario aveva il sospetto, o addirittura l'attesa, che semplicemente impegnandosi a fondo, anche senza crederci, la fede sarebbe venuta.

Ma poi, veniva o non veniva. L'importante era Santino. Tutto quello che voleva era addormentarsi subito per avere gli occhi belli asciutti la mattina. Il sonno venne molto tardi, e pure tutto spezzato.

Quando Santino citofonò, lui era già davanti alla porta.

Il furgone odorava di campagna. Gli pneumatici perdevano fango secco e pietruzze. Dentro era rimasta un'aria di terriccio e di foglie, insieme a un disordine quasi contadino. Una bic senza tappo, un cappello di lana, un taccuino a quadretti con la copertina strappata, un cacciavite, una busta di plastica appallottolata, la custodia vuota di una cassetta di Tina Turner.

Santino era vestito comodo, con una felpa dalle maniche larghe che si rimboccava continuamente, pantaloni di fustagno molto andati e scarpe da ginnastica bianche, sporchissime. Pure in quella tenuta da scaricatore della domenica aveva il dono della bellezza, una misteriosa capacità di ingentilire le cose e di adattarle a sé. Almeno agli occhi di Rosario.

Era incredibile quanta vitalità, quante buone aspettative abitassero in Santino. Era ospitale, generoso, continuamente entusiasta. Si muoveva morbido e veloce, faceva ogni piú piccola cosa come se nei suoi gesti passasse una fiducia quieta, la convinzione che tutto ti risponde, se gli parli. Passami quella cosa lí. No, ecco, è cosí che si apre il cassettino, visto?, è inutile che premi, basta che lo accompagni.

Rosario saltò sul sedile di traverso e con le mani affondate nel ripiano si trascinò all'indietro a colpi di anche, un po' di qua un po' di là, fino allo schienale. Non aveva mai osservato la strada in movimento da un punto cosí alto. Sembrava che la vista si fosse allungata e allargata. E come sembravano macchinine, le macchine.

Santino s'infilò nella città dimostrando una conoscenza di scorciatoie e di piccoli percorsi di aggiramento delle arterie piú facili a intasarsi che Rosario proprio non si aspettava. E poi guidava con un gusto. Sembrava che ne approfittasse per potersi guardare intorno. La gente, i palazzi, le macchine. Tutto.

Rosario guardava la strada ma pensava solo alle braccia lunghe che tenevano il controllo del furgone, a quelle maniche di felpa che accompagnavano i movimenti, a quella vita giovane che traspirava da Santino e lasciava intravedere tutto un tempo di cose migliori che per Rosario era ancora lungo a venire.

– Pur'io saccio guida', – prese coraggio a un certo punto.

– Ah, veramente?

– Eh.

– Lo so che porti il motorino. Ti vedo spesso.

– No, no. La macchina, dicevo.

– Pure.

– Eh.

– E chi ti ha insegnato?

– Nisciuno.
– Hai visto come si faceva e ti sei imparato?
– Sí.

Casa Letizia era in fondo a una strada che tagliava per la zona industriale. Di quelle che all'improvviso vengono segnalate sul ciglio della litoranea con un cartello a bandiera impalato nell'asfalto, che non capisci bene se indichi un rivenditore all'ingrosso, una fabbrica o la fermata di un'autolinea.

Santino si allargò parecchio per entrare nella stradina. Sembrò che impugnasse un timone, tanto fu ampia la manovra.

– Va buo', ti trovi imparato, – tornò all'argomento della macchina mentre raddrizzava lo sterzo, – sparagni la scuola guida, – e cambiò discorso.

Disse che erano arrivati, che le buste stavano nel bagagliaio e che il lavoro piú pesante era già stato fatto (Rosario sentí come una vampata di sollievo che non si aspettava. La fatica non lo spaventava, anzi la teneva in conto senza peso; eppure, il sapere di essersene risparmiato una parte gli rendeva il sedile molto piú comodo di prima. Addirittura sorrise; e per un momento, da un certo suo modo di allargare l'occhio, pensò che Santino avesse previsto, se non proprio voluto, quella sua reazione).

– Eccola là a Caterina, – fece Santino a un tratto.

Rosario appuntí la faccia e poco piú lontano, sul ciglio della strada, vide una ragazza che aspettava. C'era appena un po' di vento, i capelli mezzi lunghi si agitavano contorcendosi ma dovevano essere proprio morbidi perché tornavano a posto dopo un attimo. Si teneva le braccia con le mani, la posizione che si prende quando fa freddo. Ma freddo non faceva, non tanto da toccarsi. Doveva imbarazzarla stare lí senza avere niente da fare se non aspettare qualcuno, perché si mordeva il labbro superiore con i denti di sotto, poi lo lasciava andare e restava con la bocca come un bacio, pensando. Rosario sentí una cosa nello stomaco, una specie di dubbio, di domanda.

Santino suonò il clacson. Lei fece come un saluto con la testa e si avviò verso di loro.

– Chi è? – domandò Rosario.

– La ragazza che ci aiuta a entrare le cose, – rispose Santino mentre accostava. Tirò il freno a mano e saltò giú rapidissimo. Rosario lo seguí, per fare finalmente la sua parte.

Caterina era già sul retro. Lei e Santino si salutarono senza gioia, con una cordialità insignificante, secondaria rispetto alla preminenza del lavoro da svolgere. Scaricarono tre buste da spazzatura gonfie di panni, pochi sacchetti di salumeria, due cartoni bassi legati con un cavo elettrico.

Caterina prese le buste grandi, una per mano, e la terza schiacciata sotto un braccio. Poi si avviò pendente dal lato piú carico. Santino sollevò i due cartoni e con le sopracciglia domandò a Rosario di offrirsi. Rosario voleva levarglieli dalle mani, ma lui si tirò appena indietro continuando a sopraccigliare finché a Rosario non sembrò di capire quello che voleva. Fece vassoio con le braccia. Santino annuí. Gli posò sopra i cartoni e da lí glieli trascinò verso le mani, ancora in posizione di cucchiaio, che prontamente presero e assicurarono. Poi gli regolò le braccia in altezza. Soltanto allora lo lasciò e lo scosse appena per le spalle per valutarne l'equilibrio. Caterina intanto aveva attraversato e stava aspettando sull'altro marciapiede.

– Avviati con lei, – disse Santino. – Io mi metto meglio e vi raggiungo con le altre buste.

Caterina aveva lasciato il portone socchiuso. Rosario entrò e si trovò davanti un giovanotto con gli occhiali che lo aspettava. Doveva avere l'età di Santino, piú o meno. Ma solo quello. Era basso, innanzitutto, e poi andava per le spicce. Di quelli che quando fai una cosa ti criticano torno torno e ti mettono cosí un nervoso che pensi che loro al posto tuo avrebbero già finito.

– Dai a me, da'.

Rosario gli passò i cartoni e mentre quello si avviava dentro, rimase fermo davanti alla porta senza sapere che fare. Forse aspettare Santino.

– Che fai là? Vieni, trase. Nonò, non chiudere non chiudere.

C'era odore di appena lavato. Rosario superò l'ingresso e si fermò sulla soglia della prima stanza per non sporcare. Era un salone, lungo piú che largo, attraversato da una forte corrente. Rosario si strinse nelle spalle aspettando che sbattesse qualcosa. Ma non successe niente. Il pavimento si asciugava a vista d'occhio.

Rosario osservò la stanza. Al centro stavano due tavoli di altezza diversa, un po' distanti fra loro e con le sedie rivoltate sopra, a gambe all'aria. Accanto al balcone, un camino finto, e su quella stessa parete, attaccati con lo scotch, tutti disegni di bambini, ognuno con la data aggiunta a penna dalla stessa calligrafia adulta. Appresso, un divano verde a tre posti, molto consumato sui braccioli, su cui erano stese a faccia sotto altre due sedie, ma di scuola, basse e verdoline. La parete di fronte era divisa a metà da una porta a soffietto che doveva dare sulla cucina, perché da lí veniva rumore di ante aperte e chiuse (Caterina che sistemava?)

– Entra, che è asciutto.

Rosario si voltò e rivide quello di prima. Il suo tono era diverso, pareva già piú educato.

– Cu chi staie, co' Santino? – chiese il ragazzo mentre si avviava al tavolo e raddrizzava la prima sedia.

– Eh, – disse Rosario con soddisfazione. – Mò viene, sta trovando posto.

Dalla porta a soffietto uscí Caterina, in maniche di camicia arrotolate sui gomiti. Andò dritta al cassettone, si chinò e lo aprí. Rovistò rapidamente, tirò l'aria col naso e sbuffò, tamburellando con le dita dell'altra mano sul ripiano del mobile. Rosario la guardò da dietro. Lo colpí la sua impazienza. Prima, quando aspettava per strada, non pareva cosí disinvolta. Adesso era tutta efficienza e controllo. Rosario buttò l'occhio al ragazzo, che sollevò le sopracciglia.

Caterina si rialzò, chiuse il cassetto con il piede e tornò dentro, senza curare né lui né l'altro.

– Quella là è Caterina, – fece il ragazzo con aria rassegnata. – Io mi chiamo Giacomo.

Giacomo di cognome faceva Sciancalepore. Aveva ventiquattro anni e si doveva laureare in biologia. Camminava curioso, un po' curvo e a gambe appena divaricate. Quando parlava con qualcuno stava a sentire con la bocca aperta e pure un poco di lingua morta. Però bastava fargli dire la prima cosa per capire che era intelligente.

– Fatichi qua, tu? – gli chiese Rosario.

Quello annuí.

– E che fai?

– 'O militare.

– Come.

Sciancalepore gli spiegò che c'era proprio una legge che diceva che se uno è contrario alle armi *per insuperabili motivi di coscienza* si può far mettere o dentro una caserma, però in ufficio, come un impiegato, oppure, come nel suo caso, in una comunità dove stanno i tossici o la gente che ha bisogno. A lui lo avevano mandato a Casa Letizia.

– Ah. E che si deve fare?

– Mica te lo danno cosí il permesso. Fai una domanda e poi aspetti. E lo sai chi deve rispondere? – disse Sciancalepore che non gli pareva vero di mettersi in cattedra. – Un magistrato, un generale oppure un ammiraglio, un professore di università e uno che ne capisce di psicologia.

– Aeh, – fece Rosario.

– E mica è finita. Questi qua poi chiedono al *mi-ni-stro-del-la-di-fe-sa*, che deve dire sí o no, hai capito, l'Uomo del Monte. Ma io che ti credi, adesso sono come un militare, tale tale e quale. Tengo gli stessi doveri, devo stare quattro piedi in una scarpa, e se sbaglio vado sotto processo come i soldati, mica come i cittadini normali.

Rosario pensò chi se ne fotte, conviene.

Quel giorno conobbe pure Lucia e le due cieche. Anna e Stefania erano a scuola.

Santino lo portò a fare il giro della casa. Gli disse che quel salone grande lo chiamavano la sala mensa, gli fece provare il divano quant'era comodo e lo fece affacciare al balcone. In cucina gli aprí tutti i mobiletti per fargli vedere com'era bella. Lo accompagnò nella camera di don Alfonso, che anzi se lo volevano aspettare doveva arrivare appena finiva la messa, cosí lo conosceva. Gli raccontò che don Alfonso era tifoso e qualche domenica andava allo stadio. Lo portò nel deposito giú nello scantinato, dove stava sempre Sciancalepore. Gli fece vedere tutti gli attrezzi che c'erano, tutte le punte dei trapani, tutti i mobiletti e gli elettrodomestici da riparare. Gli disse che se voleva gli poteva insegnare lui, e che pure Sciancalepore era bravo. Lo portò di nuovo sopra e poi al piano superiore, dove stavano le camere delle ragazze con i bagni. Gli fece vedere come tenevano pulito. Gli raccontò di tutta la gente che andava sempre a trovarli e come si divertivano durante le feste, quando si mettevano tutti quanti a tavola.

Don Alfonso arrivò e pigliò subito una simpatia per Rosario.

– Tu quando vuoi venire sei il padrone, – gli disse, con la promessa che gli avrebbe pagato il biglietto del pullman. – Qua ci stanno sempre tante cose da fare, – concluse al momento dei saluti, – e di uomini ce ne sono pochi.

Al ritorno, nel furgone, Rosario si accorse che gli veniva piú facile stare vicino a Santino e pensò che sí, in effetti a Casa Letizia c'era proprio bisogno di uomini.

7.

Rosario sbanda sul sedile. Non ha dormito ma ci mette qualche secondo per sentirsi il corpo. Tocca subito la borsa, la sposta appena in avanti cosí da poterla vedere. Il cane solleva il muso, storce un poco la testa e lo guarda come a chiedergli spiegazioni.

Il treno rallenta e cominciano a fare capolino le luci della stazione. Subito i passeggeri seduti guardano nei finestrini. Anche la ragazza. Rosario si fa coraggio e la osserva mentre il treno si ferma e si aprono le porte. Ha messo su quell'espressione rassegnata, vagamente infelice, che hanno i viaggiatori dietro i vetri, come se in quell'arco di tempo si scollassero dalla vita, la affidassero al conducente che nemmeno conoscono, e da quel movimento che non è il proprio guardassero alle cose che si allontanano con un senso di rinuncia e di liberazione insieme, qualcosa come: adesso non c'entro piú, non posso farci niente, è qualcun altro che mi porta e chissà dove.

Madonna come le somiglia.

Qualcuno sale mentre la luce da questura della fermata entra nel vagone e fa stringere gli occhi. Il cane, senza cambiare posizione, accompagna con lo sguardo i primi piedi che gli passano davanti. Poi perde interesse e accomoda di nuovo la testa sulle zampe anteriori.

Il treno sbuffa e riparte. La ragazza si volta, raddrizza la schiena sul sedile e riapre il suo libro. Rosario, come per dovere di rispetto, leva lo sguardo. Incrocia le braccia sulle ginocchia e si piega in avanti. Immediatamente si sente la bocca di sangue. Il sapore è fortissimo, come non si fosse mai sciacquato.

Rosario si rialza di scatto, tira la pancia indentro e tiene il fiato. Prende il sedile con le mani e stringe. Per un momento rivede perfettamente le gambe storte del morto.

(Rosario e Damiano tornavano dalla pineta dov'erano andati a sparare. Damiano gli aveva detto che stava diventando bravo. In macchina attaccò un racconto: «La prima volta che ho ammazzato a uno tenevo diciannove anni. Né, io a quello non lo sapevo proprio, manco lui mi conosceva. Ma come mi vide se ne scappò. I cacazzielli che sbagliano lo capiscono quando devono morire. Lo pigliai subito, e sai perché? Perché quando uno scappa la gente si fa i cazzi suoi, si tira indietro, fa spazio, e tu vedi benissimo dove va. Come quando arriva l'ambulanza, no?, che si sposta il traffico. E c'è pure qualche cacasotto che ti fa segno con la testa, che ti suggerisce. Lui scappa e tu cammini, tanto lo sai dove lo sei andato a pigliare, i posti li conosci. Dove cazzo va. Basta che non lo fai spostare troppo. Alla fine si menò dentro un barbiere quello stronzo, alluccava come una femmina, che si credeva, che me ne andavo? Si riparava dietro una sedia, piangeva e singhiozzava come un criaturo, si guardava intorno, in alto, ma non poteva andare piú da nessuna parte, pareva una zoccola nella colla. Quello stronzo di barbiere faceva no, no, Gesúgesú, no no. Gli ho sparato in petto due volte, è andato a terra con un lamento di cane. Al barbiere gli ho detto una parola soltanto»).

Rosario riprende a respirare con la bocca. Sente ancora l'odore, anche se meno di prima. È passata, è passata. Forse doveva comprare delle caramelle. O no, magari era pure peggio, col dolce veniva ancora piú facile il vomito.

La gente intorno ha ricominciato a viaggiare. Chi legge, chi guarda l'aria, chi sta con gli occhi chiusi. Il cane dorme. Ogni tanto muove un orecchio. La ragazza deve aver perso il segno, perché sfoglia il libro in continuazione.

Rosario ha paura di ingoiare. Si schiaccia allo schienale per stare il piú dritto possibile. Spinge la lingua contro il palato. Deve cercare di non pensare. Deve riuscire a mandare giú la saliva senza accorgersene. Fissa la maniglia di sostegno che oscilla sopra la sua testa, s'incanta.

Venturino e Matteo citofonarono che lui aveva appena finito di mangiare, con nonna Lilina nelle orecchie che gli aveva fatto tutta un'intervista su Santino, Casa Letizia, il prete, le ragazze, i cartoni, quanti erano e quanto pesavano.

Rosario scese, ma non dovette fare neanche due piani che li incrociò nelle scale.

– Che è? – domandò.

– È venuto Casaluce, – dissero quasi in coro. E poi, Venturino soltanto: – Vuole pure a te.

Rosario proprio non aveva voglia di vedere Casaluce e anzi era stanco, come tutti loro del resto, di mettersi sull'attenti appena chiamava. Lo indispettiva che avesse chiesto espressamente di lui, e piú ancora che gli amici lo considerassero cosí uguale a loro, nel rispetto, da portargli la convocazione addirittura per le scale. Con un po' di coraggio avrebbe potuto mandare a dire a Casaluce che aveva da fare. Tanto, per quello che pagava.

Eppure, all'idea di prendere parte all'adunata gli si allargavano le narici. Dopo quella mattinata con Santino, era tutto diverso. Ci sarebbe stato, ma con la testa da un'altra parte. Che bello.

– E che vuole?

– Bo', – rispose Venturino che già friggeva per il tempo che stava perdendo a rispondere. – Vieni?

Matteo li guardava con gli occhi assenti, e senza intervenire si dondolava appoggiato di schiena al corrimano delle scale ostentando la sua faccia piú ebete.

Rosario finí la rampa e li seguí.

Casaluce li aspettava al campetto con Aniello e Brasile. Come al solito, aveva parcheggiato dentro. Non che lo facesse solo lui.

Casaluce non si comportava diversamente dagli altri. Non strombazzava, non interrompeva la partita, non si prendeva piú spazio di quello che gli serviva per parcheggiare. Ma la pacatezza del suo arrivo, la calma con cui faceva scendere la prima gamba, li metteva tutti quanti in attesa. Scatenava in loro come un senso di colpa, un dovere di disponibilità che li catturava tutti insieme e nello stesso modo.

Casaluce era bravissimo con gli occhi. Ti faceva una domanda e ti lasciava rispondere. Man mano che parlavi, ti fissava. I suoi occhi diventavano piccoli e lucenti, non si facevano distrarre piú da niente, parlavano a te e solo a te, promettendoti insieme un male che poteva darti quando voleva e la possibilità di evitarlo. Pareva che sorridessero e invece ti studiavano per ricordarti.

Su di lui giravano parecchie storie, ma quella piú famosa riguardava la moglie. La verità ufficiale era che le avevano tolto un seno perché era malata di cancro. Quella tramandata era che gliel'aveva tagliato Casaluce perché lei gli faceva le corna con il fratello. E il fratello tempo dopo – *abbastanza* tempo dopo – era stato trovato impiccato nella sua officina.

Venturino arrivò con l'aria mortificata da quel poco di ritardo; Matteo manteneva la faccia stupida di prima ma stava attaccatissimo a Venturino, quasi che, facendo coppia salda con lui, contasse di apparire partecipe della stessa soggezione senza farne mostra direttamente; Rosario sorrideva dentro. Casaluce lo salutò con una smorfia di preferenza.

Disse che era tutto pronto e che a loro toccava la parte piú facile, che ancora una volta era lui che correva i rischi e loro invece sarebbero tornati a casa con i soldi. La grata era già tagliata nei punti giusti e dovevano solo toglierla. Rosario e Venturino sarebbero entrati dalla finestra della cucina di servizio, al pianoterra. Una volta dentro, sarebbero saliti alle stanze superiori dalla scala a chiocciola. Niente cani. Niente allarmi. Niente vicini. Facile facile. Magari gli avessero proposto dei lavori cosí comodi, ai tempi suoi. Nella sala da pranzo avrebbero preso qualsiasi cosa d'argento, i vasi, un Bacco di bronzo e tutte le fotografie nelle cornici. In camera da letto tre spazzole, pure d'argento, e una vecchia radio. Aniello, Brasile e Matteo dovevano restare fuori a fare due passaggi a pallone.

Casaluce diede un fischietto a Matteo e gli disse che lui era l'arbitro. Se arrivava qualcuno, doveva fischiare tre volte e gridare «Rigore». Casaluce avrebbe aspettato poco lontano, sulla strada, in macchina.

Rosario quella volta si sentí protetto, garantito. Come se, dal momento in cui Santino era andato a bussare a casa sua, gli fosse stato promesso un altro futuro, e con un posto riservato. Gli venne una bravura, un leggero distacco da se stesso e dalle cose che fece diventare tutto facile. Come un'illusione d'impunità; la sicurezza che se pure li avessero presi tutti, a lui non avrebbero potuto fare niente. Il fatto poi che Casaluce lo avesse voluto dentro, che ancora una volta avesse scelto altri per fare da palo, era un'ulteriore conferma del suo valore. In una sola giornata avevano chiesto di lui due volte. A parte il rischio che adesso si trattava di correre, non trovava molta differenza. Santino o Casaluce. E la scelta l'aveva già fatta.

Le fotografie incorniciate, di varie grandezze e quasi tutte in bianco e nero, erano disposte obliquamente sul ripiano del cassettone, intorno alla statuetta di Bacco bambino, che sorrideva indisponente a cavalcioni di un grosso grappolo.

Venturino cominciò a riempire lo zainetto e Rosario

aprí la credenza. A parte un'oliera di cristallo a due bocche, non c'erano argenti o altri oggetti di valore; ma qualcosa nella disposizione trasandata dei piatti e dei bicchieri sugli scaffali non lo convinse. Una delle prime regole che aveva imparato quando si andava a rubare era che bisogna toccare prima di aprire. Si sedette sui talloni, appoggiò le mani sull'ultimo ripiano del mobile e sentí che ballava. Il coperchio di un doppio fondo. Con i polpastrelli cercò la fenditura della cornice. Poi chiese a Venturino di passargli il tagliaunghie che si portava sempre appresso. Ne estrasse la lima e la infilò nella fenditura. Fece un po' di leva e il coperchio si aprí con un piccolo scricchiolio. C'era un servizio di vecchie posate d'argento, avvolto in una custodia di feltro di colore blu stretta con un piccolo laccio. Rosario la tirò fuori e la svolse sul pavimento con uno strattone. La custodia si srotolò a fisarmonica per piú di un metro di lunghezza. Venturino sbalordí. Rosario si mise in piedi e da un'altezza tutta nuova gli ordinò di caricare lo zaino senza dimenticare il centrotavola. Quindi andò a finire il lavoro in camera da letto.

Lo colpí il pavimento, che era fatto di assi di legno, e un odore dolciastro, come di gente di una volta. La radio, con una sola manopola e dalla marca ormai illeggibile, era sul comò. Le spazzole su una toletta antica, di quelle che le donne usavano per pettinarsi prima di andare a dormire, con un'alzata di tre specchi, uno centrale piú ampio e due laterali stretti.

Da fuori veniva il rumore del pallone, e si distingueva bene la voce di Brasile. Rosario prese le spazzole e le buttò sul letto. Pensò di guardare nei cassettini. Nel primo c'era un tubetto di Formitrol (se ne mise una in bocca) e una lima per le unghie. L'altro era chiuso a chiave. Lo aprí con uno strattone. Trovò una scatolina col coperchio di madreperla, e vicino una vecchissima lettera, dall'aspetto bruciacchiato, piegata due volte. La prese e l'aprí con rispetto. Aveva la consistenza della stoffa. E un colore particolare, come fosse caduta nella tintura di iodio. Ma si leggeva ancora perfettamente. Un corsivo elegantissimo e molto comprensibile che correva uniforme su quattro facciate. Il formato era insolito per una lettera, larga quanto i due fogli centrali di un quaderno di computisteria. Ma quello che piú incuriosiva erano certe strisciate, come di catrame, che coprivano alcune righe soltanto, su ognuna delle quattro pagine. Nell'angolo sinistro del primo foglio portava un'intestazione militare, e sopra un piccolo timbro con un numero di tre cifre.

All'inizio Rosario pensò a Genesio, l'ambulante di cose antiche che il mercoledí si metteva dalle parti di casa sua. Quello gliel'avrebbe comprata a occhi chiusi. Ma intanto che se la rigirava fra le mani già s'affezionava. La ripiegò e se la infilò accuratamente nella tasca posteriore dei pantaloni. Poi passò alla scatoletta. Il coperchio fece un po' di resistenza. Rosario sperava in un orecchino, e invece c'era solo un fondo di cipria. Ma come sentí l'odore gli venne in mente Caterina. Vai a capire perché. Certo è che la figura di lei che si teneva le braccia all'angolo del semaforo gli tornò davanti come una madonna. Da un momento all'altro si scoprí in corpo una necessità, un miscuglio misterioso di tristezza e di vergogna. Si toccò. Ce l'aveva duro ma non proprio, come se trattenesse il singhiozzo e non ce la facesse a tendersi tutto quanto. Si ficcò il portacipria in tasca, poi raccolse le spazzole dal letto e tutto rosso in faccia raggiunse Venturino in sala da pranzo.

Casaluce stava seduto al volante col gomito di fuori quando vide Brasile venire di corsa verso la macchina. La brutta notizia che arrivava aveva una rappresentazione chiarissima, ma lui non si scompose. Soltanto, guardò nello specchietto retrovisore. Scese dalla macchina, aspettò che Brasile arrivasse, gli mise un braccio intorno alle spalle e lo portò a passeggio lungo il ciglio della strada, come zio e nipote.

Brasile istintivamente cercò di guardarlo in faccia prima di parlare. La mano che gli cingeva le spalle gli afferrò la testa e gliela roteò in avanti con autorità. Lui ubbidí moderando automaticamente il tono della voce, accordando ancora di piú il suo passo a quello di Casaluce, e cominciò a raccontare, accorgendosi che anche le sue parole, orientate adesso verso la strada davanti a sé, diventavano molto piú fedeli al fatto che dovevano riferire.

Casaluce ascoltava in silenzio. Brasile spiegò che Venturino si era sentito male. Appena lui e Rosario erano usciti dalla villetta, Venturino gli aveva detto di fermarsi perché non riusciva piú a camminare; allora Rosario gli aveva tolto lo zaino dalle spalle ma Venturino si era dovuto appoggiare al muro perché gli veniva da vomitare e pensava di cadere per terra. Casaluce continuava a portare e si guardava i passi come un esperto che elabora la soluzione di un problema mentre lo ascolta. Avevano provato a trascinarlo a braccia, continuò Brasile, ma Venturino si rifiutava di collaborare e diceva solo mi sento male, non mi toccate, mi sento male, non ce la faccio a camminare. Loro non sapevano che fare, non volevano andarsene senza Venturino e bisognava che lui gli dicesse come dovevano comportarsi. Casaluce si fermò, si sbottonò la giacca, afferrò la cintola con le mani e si tirò su i pantaloni. Brasile non poté impedirsi di pensare, persino in un momento delicato come quello, che Casaluce era elegantissimo. Fu forse per questo che credette di non aver capito quando si sentí dire di andare a chiamare Aniello, Rosario e Matteo e di tornare subito alla macchina; tanto che, senza neanche farlo apposta, domandò: – E Venturino?

Casaluce guardò a destra, a sinistra, poi fece una smorfia che sembrava non avere niente a che fare con l'argomento, come quando si sente in bocca una punta d'amaro che insospettisce e manda la lingua in cerca di un residuo di cibo o di una piccola ferita, e senza che Brasile potesse minimamente prevederlo, gli tirò uno schiaffo in piena faccia. Poi si riabbottonò la giacca. Brasile barcollò qualche secondo, l'orecchio gli fischiava. Il bruciore gli aveva preso anche la vista ma soprattutto era stupefatto dalla quantità di forza che Casaluce aveva impiegato nel colpo. Lo guardò. Gli sembrò ancora piú elegante. Umiliato dall'ammirazione che provava per lui, corse a fare quello che gli era stato ordinato.

Al ritorno, in macchina, nessuno parlò. Faceva caldo, tutti e quattro i finestrini erano aperti. Casaluce, con un buonumore arrogante e il gomito fuori dal finestrino, si mise a guidare disteso, accennando un motivetto a bocca chiusa ogni tanto. Aniello stava seduto vicino a lui. Per un momento sembrò volersi girare per guardare in faccia Rosario e Brasile, ma gli mancò il coraggio. Rosario teneva la sigaretta in bocca senza accendere. Quando arrivarono al campetto, la buttò.

Casaluce li fece scendere tutti e poi disse a Rosario di avvicinarsi. Con la mano storta gli passò una carta da centomila, indicando pure gli altri alle sue spalle, ma guardando in un'altra direzione.

Rosario fissò i soldi e poi lui in faccia. Rimase cosí qualche lungo secondo. Senza parlare. Senza muoversi.

Casaluce piegò appena la testa di lato e gli sorrise, facendo gli occhi che sapeva lui. Poi ingranò la marcia e ripartí.

Rosario guardò la macchina allontanarsi. Quando i fanali posteriori sparirono dietro al primo angolo, Rosario realizzò che aveva appena aperto un conto con Casaluce, e nello stesso momento pensò: «Non me ne fotte».

Brasile andò a comprare il fumo. Aniello e Rosario rimasero al campetto ad aspettarlo, che al Burger, da quando avevano sparato a Ciro Puttanella nel circoletto di fronte, arrivavano i falchi continuamente e quindi era meglio di no.

Si accucciarono fra le macchine parcheggiate a lisca di

pesce sotto il muro. Aniello fece la mistura e Rosario rollò la canna. Brasile diede solo un tiro perché diceva che gli faceva male la testa. Teneva ancora le cinque dita in faccia. Nessuno nominò Venturino, come in una finzione concordata.

Il fumo salí mentre andavano a piedi al Burger. Non appena arrivarono, Rosario si andò a chiudere nel cesso e si lavò la faccia. Non ci sentiva bene, non capiva se di meno o di piú, comunque avvertiva un fastidio e il cuore gli batteva nelle orecchie. Posò una mano sul lavandino e lo sentí freddo gelido. Un brivido che gli pigliò tutto il braccio fino alla spalla. Si guardò nello specchio e si vide pallido. Allora riaprí l'acqua, uní le mani a coppa e ricominciò a sciacquarsi e a bere piú che poteva.

Per terra c'era un pennarello senza tappo. Rosario si asciugò la faccia con l'avambraccio, si chinò e lo prese. Scriveva ancora. Si accostò alla parete imbrattata di nomi, sigle di ultrà, cazzi, ditate e numeri di telefono. Ci appoggiò la punta del pennarello e senza piú sollevarla cominciò a fare avanti e dietro col braccio, quasi fino a terra.

Quando uscí dal cesso, Aniello e Brasile erano già andati al Las Vegas. Rosario pensò di raggiungerli, ma come sentí l'aria fresca gli passò la voglia.

Tornando a casa prese un etto di prosciutto cotto e quattro panini all'olio.

Quella sera trasmettevano *Chi l'ha visto*. Rosario fece mangiare nonna Lilina a letto, con i cuscini dietro la schiena, il piatto sulle ginocchia e uno straccio per tovaglia. Accese la televisione, si sdraiò vicino a lei e si fece raccontare che era successo la puntata prima.

Ritrovarono un ragazzo calabrese, quella sera. Se n'era andato in un paesino dell'Emilia dove lo aveva adottato una famiglia per quasi un anno. Era gente modesta che abitava nella palazzina della stazione. Intervistarono una vecchia che diceva com'era bravo e com'era caro, e piangeva che già sentiva la sua mancanza.

Nonna Lilina si addormentò senza prendere la Roipnol. Rosario le tolse il piatto di dosso e spense la televisione. Andò a mettere il piatto nell'acquaio, accese una sigaretta e la buttò quasi subito. Se ne andò in camera e posò il portacipria sul comodino. Poi tirò fuori la lettera dalla tasca, si stese sul letto e cominciò a leggere.

Celle, 20 Dicembre 1917

Carissimo Don Biagio,

anzitutto non vi meravigliate se dopo tanto tempo vi scrivo la presente. Ho bisogno di un favore e io non esito a chiedervelo sperando di essere accontentato per quel bene che sempre mi avete voluto e che anch'io ininterrotto vi voglio.

Come vedete, sono prigioniero in Germania. Ho bisogno di far arrivare con sicurezza e al piú presto questa lettera a mio fratello Amedeo del quale non conosco piú la direzione. Perciò appena vi arriva la presente informatevi subito della esatta direzione del suddetto mio fratello Amedeo e inviategliela completa, compresa la parte a voi diretta.

Non vi faccio altre raccomandazioni perché sono sicuro che voi prenderete in considerazione la mia preghiera e solo vi sarei gratissimo se vorreste rassicurarmi con un vostro scritto. Datemi pure vostre notizie, di Giorgio e Melchiorre.

Di me che posso dirvi? Sono prigioniero e qui fa un freddo inconcepibile.

Spero di ritornare a riabbracciarvi e raccontarvi tante cose.

Con tanti ossequi alla vostra famiglia e un bacio a voi, credetemi vostro amico

Augusto

Qui Rosario si fermò. Gli sembrava di non aver capito niente, anche se la calligrafia era chiarissima. Il rigo dopo, cominciava un'altra lettera.

Caro fratello,

ti ho già scritte parecchie cartoline e lettere dirigendole a Roccadaspide e qualcuna anche a Caserta, ma temendo che esse non ti siano giunte ti scrivo ancora la presente profittando della cortesia di Don Biagio.

E qui seguiva una grossa macchia, come di censura, che pareva un residuo di cera spessa, stesa manualmente. Poi la lettera riprendeva con una minuscola. La frase era stata spezzata.

desidero che ogni settimana mi venga spedito un pacco di pane biscottato. Ho sentito dire che la Croce Rossa fa a noi prigionieri settimanalmente la spedizione di un pacco di detto pane, naturalmente pagando; se ciò è vero provvedi subito a farmi l'abbonamento alla Croce Rossa e rassicurati in tutti i modi che veramente mi venga spedito il pane richiesto.

Né devi aspettare che finisca un mese per farmi l'abbonamento per l'altro mese; ciò produrrebbe una sospensione della spedizione per cui occorre pensare a tutto e a tempo opportuno.

Che se poi la Croce Rossa non facesse questo servizio devi assolutamente provvedere in altra maniera assicurandoti e informandoti in quale modo le famiglie altrimenti possono inviare in Germania pacchi di pane biscottato e provvedere a che costantemente, assolutamente, senza alcuna interruzione e senza alcun dubbio mi si spedisca da qualche persona da te incaricata il predetto pane. Io però avrei piacere che di tutto ti rassicurassi personalmente, avendo poca fiducia negli altri.

Rosario si fermò per levarsi la maglietta e voltare pagina. Prima di continuare a leggere (attività che gli richiedeva una fatica enorme e che però non lo spaventava, tanta era la curiosità), diede un'occhiata alla scatoletta sul comodino.

Per il pane dunque siamo intesi. Inoltre ho pure sentito che oltre al pacco di pane per settimana ogni famiglia può spedire al suo prigioniero un altro pacco di altre sostanze e perciò io desidero anche questo secondo pacco per settimana. In esso vorrei lardo, formaggio, cioccolato, fichi secchi e un pezzo di sapone da bucato. Anche detto pacco deve essere costante ogni settimana e senza alcuna interruzione, ben s'intende sempre oltre all'altro del pane. In esso per cambiare potrai pure qualche volta mettere salame invece di lardo o ventresca, farina di granturco invece di fichi e altre cose mangerecce o qualche paio di calze invece del sapone.

Tutte le spese che affronterai ti raccomando di fare un minuzioso conto che io ti rimborserò di tutto appena potrò. Per ora non posso disporre di neppure un soldo ma in seguito spero di farti spedire una somma da una banca presso la quale ho un piccolo deposito, oppure ti cederò qualche mio credito e infine se lo vuoi ti manderò un biglietto di debito per una somma che vorrai.

Ma sta sicuro che tu non perderai un centesimo e io ti compenserò di tutto.

Paga tutto e tutti anche molto esageratamente ma provvedi subito. Qui il freddo è straordinario. Fammi sapere la tua permanente direzione. Attendo fiducioso e ti saluto.

Augusto

Offizier-Gefangenen-Lager = Block C. N°23
Cellelager in Hannover

Rosario richiuse la lettera e la annusò. Poi la mise sul comodino e si stese a pancia sotto col cuscino arrotolato intorno alle braccia a guardarla.

Mentre pensava a un posto dove il giorno dopo l'avrebbe conservata, lo prese il sonno. La luce era rimasta accesa.

8.

Il treno si è fermato un'altra volta. Quando Rosario esce dal passato e ricomincia a vedere, sta già entrando della gente nuova mentre dell'altra si alza per scendere. Rosario stende le gambe e sbadiglia. Poi si ricorda che c'è la ragazza e mette una mano davanti alla bocca.

Il cane si sveglia di soprassalto. È agitato, manco si fosse accorto di avere saltato la fermata. Sguscia da sotto i sedili, fa una volta avanti e una indietro, poi si rizza sulle zampe posteriori e guarda fuori dal finestrino. Di qua. Di là. Di nuovo di qua. Poi verso la porta d'intercomunicazione. Fa in fretta ma non si decide. Allora guaisce poco poco.

Rosario segue tutti i suoi spostamenti e guarda dove guarda lui. Uno che non sa leggere si comporterebbe proprio cosí. Rosario sorride divertito e poi pensa: E perché. Quello lo sa dove deve andare. È di qua pure lui, la città la conosce.

Alla fine scende. Rosario lo vede di un altro colore da dietro al finestrino. Pareva messo meglio quando stava sul treno. Si vede tutta la colonna vertebrale. Non sembra molto sicuro della sua scelta, ma ormai. Segue la gente che va verso la scala che porta fuori. Si ferma. Piega la testa per sbirciare meglio. Poi si volta indietro. La gente gli fa il vuoto intorno.

È salita una coppia giovane. Devono essere sposati perché si somigliano. Sicuramente lavorano insieme ed è di là che tornano, perché sono sfatti nei vestiti allo stesso modo. Lui porta gli occhiali coi vetri sfumati, tiene la giacca piegata su un braccio, le maniche della camicia rivoltate, la cravatta lenta. Ha i capelli molto crespi e lunghi, si vede che li pettina ma è tempo sprecato, anzi è peggio. Ci deve tenere alla moglie, perché come salgono le toglie la borsa di mano, le offre subito il posto e le domanda un sacco di piccole cose prima di accomodarsi sul sedile.

Rosario guarda fuori dal finestrino cercando il cane. È ancora sotto la scala. Si è seduto.

(Rosario aspettava Damiano nel parcheggio vicino al Tribunale, alle undici di mattina, con il sole forte. C'erano macchine dappertutto, e i posteggiatori si sgolavano avanti e indietro tra la gente che voleva uscire e quella che si metteva in fila aspettando che si liberasse un posto. Rosario però aveva trovato facilmente la Y10 perché dentro, seduto sui sedili posteriori, c'era un cane, e pure abbastanza grosso. Non si muoveva, roteava gli occhi in continuazione senza lasciarli mai su niente. Sprizzava quella finta calma che manda immediatamente a dire di non provare nemmeno ad avvicinarsi. Rosario non si spiegava. Non era da Damiano un cane antifurto, e tanto meno uno cosí. Bastardo, non piú giovane e neanche bello, con il pelo ispido e duro, tra uno spinone e un pastore, forse. Rosario si appoggiò a una macchina vicina e lo osservò. Il cane pure lo guardava, ogni tanto. Dopo un po' Rosario vide Damiano che arrivava da un'entrata laterale del parcheggio. Era elegantissimo quel giorno, con un completo antracite, gli occhiali da sole e i mocassini che luccicavano da lontano. Lo accompagnava uno vestito anche meglio di lui, che portava una cartella di fogli sotto un braccio e gli parlava gesticolando da esperto. Rosario li vide fermarsi poco dopo davanti a una macchina bellissima che pareva appena uscita dalla concessionaria. Damiano aspettò mentre quello apriva la portiera, si levava la giacca e la buttava dentro insieme alla cartella. Poi si abbracciarono velocemente.

Rosario alzò la mano quando Damiano era ormai a pochi metri da lui.

– Hai visto a Dottore? – disse Damiano salutandolo.

– Chi?

Damiano infilò le chiavi nella serratura della portiera.

– Dottore, – ripeté indicando il cane con la testa.

Rosario fece il giro della macchina aspettando che Damiano gli aprisse. Non è che si fidasse molto di entrare, però.

Il cane invece, appena Damiano aprí la portiera, tirò fuori una lingua lunga cosí e cominciò a lavargli la faccia, a dargli zampate di gioia sulla giacca senza riuscire a contenere i guaiti, spazzando pure il lunotto a scodinzolate. Allora Rosario si sedette tranquillo.

– E perché Dottore?

– Bo'. Cosí mi è venuto.

Uscirono dalla città e presero la litoranea. Il cane perdeva peli continuamente. Coi finestrini abbassati per il caldo, poi.

Rosario guardava la strada senza domandare. Non chiedeva mai dove andavano.

Attraversarono un lungo tratto dove c'erano solo mobilifici, poi Damiano s'infilò in una stradina sterrata e la percorse fino a una palazzina in costruzione con un po' di campagna intorno. Al pianoterra c'era un deposito, con una saracinesca scorrevole come quella dei garage e una discesina di cemento davanti.

Scesero prima loro e poi il cane.

– Ti piace la Coca-Cola? – disse Damiano andando verso la saracinesca.

– Eh, come, – fece Rosario.

Il cane correva e saltellava e annusava, entusiasta dell'aria, dell'erba, dello spazio a cui finalmente veniva restituito.

Damiano aprí la serratura della saracinesca e ne spalancò le ante con tutt'e due le mani, in una sola volta. Rosario guardò dentro. Era un magazzino di bibite, cosí ampio e lungo che bisognava girare la testa due o tre volte per vederlo tutto. Accostato a una parete, un camioncino con le ruote sgonfie. Pile di cassette di lattine, bottiglie di ogni dimensione e di ogni genere seguivano il perimetro del deposito coprendo le pareti quasi per metà della loro altezza. Molte cassette già aperte stavano sparse qua e là, per terra. C'era di tutto. Ma proprio di tutto. Coca-Cola, aranciata, sangria, gassosa, acqua tonica, bitter. Sulla sinistra, appena si entrava, una gabbietta di alluminio anodizzato molto sgangherata, probabile ufficetto per i conti.

– Piglia quello che vuoi, – disse Damiano.

Rosario, con la sete che gli era venuta ad aspettare sotto il sole, non chiedeva di meglio. Stappò un'aranciata da due litri e si attaccò.

Damiano chiamò il cane. Quello entrò e si mise a correre e curiosare dappertutto. Damiano chiuse la saracinesca.

Rosario aveva fatto una pancia che non poteva stare piú nei pantaloni.

– Tenevi sete, eh.

Si asciugò la bocca con la manica e gli offrí la bottiglia.

– No, no, – fece Damiano smorfiando un sorriso. – Mi sono venute a schifo 'ste cose dolci.

Ma che siamo venuti a fare, pensò Rosario.

Damiano cominciò a passeggiare per il magazzino, toccando qua e là quello che gli capitava sotto mano.

– Questo è il deposito di un amico mio, stavamo a scuola insieme. Fa questo mestiere da quando teneva dodici anni, lo stesso del padre. Quando eravamo piccoli gli fotteva le chiavi, poi venivamo qua e ci bevevamo le cassette sane.

Il cane continuava a perlustrare il deposito, avvicinandosi a intervalli quasi regolari a Damiano, per rubargli una pacca sulla testa o sulla schiena.

Damiano ridacchiò: – Una volta il padre arrivò antrasatta e ci dette la corsa a tutti e due. Stava malamente incazzato, ci voleva vattere. Io mi accovaie dentro la gabbietta e mi chiusi dentro con la chiave. L'amico mio se ne fujette là.

E andò verso il camioncino. Aveva un tono divertito nel raccontare l'episodio, ma si capiva che pensava ad altro. Rosario infatti avvertiva la tensione inconfondibile di quando sta per succedere qualcosa.

– Il padre lo acchiappò qua dentro, lo tirò per una recchia da sotto al volante e gli dette tante di quelle mazzate. Talmente s'incazzò che ci spaccò in capa una bottiglia di aranciata Fanta e dopo si mise a piangere che diceva che lo poteva ammazzare, – fece Damiano appoggiandosi col gomito al finestrino aperto. Il cane gli andò vicino, gli annusò i pantaloni e poi tornò a fiutare le cassette sotto la parete di fronte.

– Ma tu hai capito. Il padre che piangeva. *Ci potevo spaccare la capa, 'o putevo accire 'o figlio mio*... – continuava Damiano con quella specie di allegria.

Il cane stava annusando una delle cassette piú in alto quando Rosario vide la pistola.

Immediatamente dopo lo sparo, non si sentí quasi niente. Il guaito era stato debolissimo, come un minuscolo punto interrogativo. Il cane aveva guardato Damiano in faccia prima ancora della sua gamba azzoppata. Poi aveva cominciato a urlare a un volume insopportabile, da mettersi le mani sulle orecchie, e a trascinarsi per terra, nel suo sangue, verso la porta, forse, o chissà dove pensava, in quel momento. A Rosario erano venute le gambe pesantissime, come se lo avessero inchiodato al pavimento per le scarpe. Sentiva sempre piú forte il sapore dell'aranciata che gli era rimasto in bocca.

Damiano, con una calma e una fissità degli occhi che Rosario aveva già imparato a conoscergli, gli comandò con la mano di avvicinarsi. Rosario andò da lui come dentro un sogno. Damiano gli diede la pistola.

– Mò finisci tu).

Il treno riparte.

La ragazza mette il segno al libro, lo chiude, se lo incastra tra le ginocchia. Poi prende un pacchetto di mentine dalla borsa. Rosario la fissa. Se fossero piú vicini forse gliene chiederebbe una.

Dove sta Caterina adesso. Questa domanda lo raggiunge allo stomaco. Il groppo che segue lo fa piegare in avanti, anche se cosí corre di nuovo il rischio di vomitare. Se non fosse su quel cazzo di treno si sforzerebbe di piangere un poco. Ogni tanto lo fa, per continuare a sentire la sua mancanza. Rosario lo sa che Caterina è morta e lo sa sempre, tutti i giorni, ma gli manca nelle cose, e nelle cose la cerca. In questa ragazza che le somiglia tanto, ad esempio. Forse, se lei gli offrisse una mentina, parlandole scoprirebbe che ha pure la sua stessa voce.

Rosario, la gola piena, si tira su lentamente e poggia la testa alla parete. Con il piede controlla la borsa sotto il sedile e guarda la sua faccia riflessa nel finestrino.

– Ma ti stai sempre zitta?

– Che devo dire.

Dopo qualche secondo di silenzio (Rosario non si era mai vergognato cosí ma sentiva pure un solletico) la interrogò un'altra volta.

– Quanti anni tieni?

Caterina prima non rispose, poi ci ripensò.

– E tu quanti anni tieni?

– Quattordici.

– See, proprio, – si girò allora lei facendo il gesto di dargli un'occhiata.

Rosario si offese, però si accorse che glielo permetteva.

– Perché, non li posso tenere?

Silenzio.

– Perché, non li posso tenere?

– Vavattenne, va'. Se non tieni un poco di barba.

– Che significa.

Rosario ci aveva messo piú di una settimana, andando a Casa Letizia tutti i giorni, a trovare il momento per restare solo con lei. Finalmente era venuta l'occasione. Erano in cucina, Caterina non poteva scappare perché doveva pulire la credenza.

Certo che ci voleva proprio una faccia per andarsi a mettere nella stessa stanza dove stava lei senza una cosa da prendere, un chiodo da piantare, una ragione qualsiasi per trattenersi abbastanza da parlarle. Ma o cosí o mai piú.

– Che significa, – aveva detto di nuovo Rosario.

Caterina stava girata, ma Rosario riconobbe un sí-sí disegnato con la testa, che si vedeva a malapena. Nell'aria rimase come una sospensione, l'anticipo di qualcosa che sarebbe potuto succedere.

– Io lo so quanti anni tieni, – ci mise sopra lei.

– Pur'io lo so quanti ne tieni tu.

Caterina non gli diede retta, ma Rosario giurò che si fosse ammorbidita.

– Allo'?

– Ma che cosa? – fece lei spazientita, ma anche divertita.

– Quanti anni tieni?

– Ma se mò hai detto che già lo sai.

– Va buo', e non me lo dire.

– Diciassette, – disse lei a metà tra il volerlo accontentare e il levarselo dalle orecchie.

Rosario continuò a guardarla mentre era ancora di spalle. Con la mano sotto la sedia cominciò a fare un dito per volta. Aveva paura che Caterina si girasse, cosí arrivato al mignolo perdeva il conto e ricominciava. Non riuscí a calcolare la differenza, ma restò ugualmente impressionato da come se la immaginava.

Allora fu lei a rivolgergli la parola. Per la prima volta.

– Ma tu a scuola ci vai?
– Nz'.
– Fino a che classe hai fatto?
– 'A terza, – disse Rosario accompagnandosi con le dita.
– E po'?
– Eh –. E tirò le spalle in su.
– E che fai, fatichi?
– Noo. Quaccosa, accussí.
– Ah, quaccosa accussí.
Rosario sollevò le sopracciglia.
– E che so' 'sti ccose accussí?
– 'E ssaccio fa', 'e sorde, – pensò di impressionarla Rosario facendo il gesto di strofinarsi le dita.
– Eh, ha parlato Berlusconi, – concluse Caterina. Non senza una certa bontà.
Rosario si sentí toccare i nervi. Però poi come un prurito divertente.
– Senti me lo fai un piacere? – domandò Caterina.
– Sí.
– Però don Alfonso non lo deve sapere.
Rosario disse sí con la testa. Gesú che gioia.
– Tu domani mattina vieni?
– Sí.
Invece aveva pensato di non andare.
– Mi vuoi portare le sigarette?
– Che sigarette?
– Che vuo' tu.
– 'E ttengo già, té –. E tirò fuori di tasca un pacchetto morbido già iniziato, con un accendino usa e getta infilato nella plastica intorno. Lo mise sulla tavola e lo spinse verso di lei, come nei film.
Caterina le prese subito. Le guardò e lo guardò.
– Me le dai?
– Eh.

– E tu che ti fumi?
– 'E ttengo.

Il giorno dopo non andò apposta. Cosí si sarebbe accorta della sua mancanza.

Cosa sarebbero i fuori sede senza le autolinee. Molti vanno in treno, d'accordo. Molti che potrebbero, però, continuano a prendere il pullman. Metà di questi perché ha una convenienza pratica di percorso. L'altra metà perché non sopporta di uscire di casa e trovarsi direttamente sul posto di lavoro: vuole guardarsi un poco di città. Sentirsi ancora un po' fuori prima di tornare dentro.

La città che conoscono quelli che ci vanno solo a lavorare è quella che vedono dal finestrino. Il percorso, generalmente, va dalla stazione al capolinea. A meno che si debba scendere prima.

Quella è la città. Il tratto del pullman che ti porta dove devi scendere. Le insegne che conosci a memoria. I cartelloni della pubblicità. Il traffico. La gente ferma nelle macchine che guarda da un'altra parte quando si avvicina il venditore di fazzoletti. Il momento in cui scendi. Il tratto a piedi, i negozi e le persone che vivono e lavorano in quella strada, e dopo un po' ti salutano pure. L'ufficio. I colleghi (qualcuno era pure sul pullman). La pausa pranzo. Il piatto freddo, o anche caldo. Il rientro. Il percorso dell'andata al contrario. Un po' di sonno, spezzato e con il sapore del pullman in bocca.

La città vera è quella.

Io che qui ci vengo a lavorare tutti i giorni, lo so. La gente vive in pochissimo spazio, e sempre fra le stesse cose. Di tutto quello che pure c'è, si sente solo parlare.

Insomma, dicevo, la vita è questa. E tutto sommato non dura neanche molto.

La mia giornata è fatta in questo modo. Io e mia moglie ci alziamo insieme. Con un buon anticipo perché ci piace prepararci con comodo. Ci troviamo in cucina, prendiamo il caffè (io zuccherato, lei col fruttosio), ci scambiamo due chiacchiere e poi usciamo. Lei va di là, io di qua. Ci rivediamo a sera. Non abbiamo figli.

Io compro il giornale e salgo sul pullman poco lontano da dove abito. La mia è la seconda fermata dal capolinea, per cui posso addirittura scegliermi il posto: chi sale qualche fermata dopo, poco prima cioè che il pullman imbocchi l'autostrada, spesso rimane in piedi. Qualche volta si fa un po' per uno, visto che oramai ci conosciamo tutti. Se un giorno qualcuno manca, lo notiamo subito. Come a scuola.

Forse è poco, tutto questo. Sí, è proprio poco.

Ebbe', io sono cosí interessante, ma cosí interessante che non mi troverete in nessun libro.

Rosario ha undici anni. Rosario, Venturino, Matteo, Brasile, Aniello, Nicola, Carmelo sono manovalanza impunita.

Rosario guarda succedere le cose fino alla fine.

Rosario si prende quello che può finché qualcuno non glielo toglie.

Rosario non vi riguarda.

Rosario vi piace.

9.

Dietro il guardrail della tangenziale. Tirata la conta, il primo era Brasile, subito dopo Rosario. Venturino e Matteo potevano scegliere l'ordine. Alla cieca, uno scatto fino all'altra parte. Se si muore si muore, e chi non si butta è ricchione.

I gatti fanno cosí, si lanciano senza vedere. Ci rimangono pure loro, ma che significa. Sono sempre piú i cani che i gatti a venire travolti dalle macchine. I cani guardano prima di attraversare, poi arrivati a metà si cacano sotto, non sanno se tornare indietro o continuare e perciò muoiono. I gatti no. I gatti puntano l'altra parte e vanno.

Il segreto è guardare solo per terra. Ti fermi quando vai a sbattere. Se la macchina ti piglia non la senti neanche.

Brasile scavalcò il guardrail e si lanciò. Era il migliore quando si trattava di correre. Perciò lo chiamavano Brasile.

Da lontano si sentí un clacson isterico che pareva un'imprecazione pronunciata. Il tipo da dentro lasciò il pedale dell'acceleratore e senza fermarsi sporse la testa fuori dal finestrino urlando qualcosa. Brasile, dall'altra parte della strada, allargò le gambe e con la mano sul cazzo gli fece il gesto di fottere.

Poi toccò a Rosario. Prima di partire si voltò verso gli altri due e li salutò da ufficiale, allontanando le dita dalla fronte. In momenti del genere Rosario si scopriva un'indifferenza verso la vita che poi, questo era il senso della faccenda, non aveva niente a che fare col coraggio. Tante volte aveva avuto bisogno di coraggio, aveva dovuto superare la paura per trovarlo, ma era poca cosa, come mettere insieme i soldi per una spesa imprevista.

In questi casi no. Era cosí libero dal ricatto della paura, del pericolo, della vita, che il pensiero di morire non gli faceva piú niente. Anzi, in un certo senso avvicinare la morte, andare verso di lei in una volta sola, con un atto unico, un sí o un no, la rendeva piccola.

Per lui fu una passeggiata. Neanche il suono di un motore. Arrivato dall'altra parte, Brasile gli disse che si sarebbe potuto pure allacciare una scarpa.

Con Aniello successe il casino. Una Golf, che non era neanche tanto vicina, fece una frenata violentissima. Urtò il guardrail e venne spintonata all'indietro. Il motore cominciò a gridare e la macchina spazzò la strada per qualche secondo. Una Bmw che arrivava velocissima la mancò per miracolo e continuò a correre suonando all'impazzata. Aniello ce l'aveva quasi fatta ma, come spesso capita in momenti del genere, si fermò e si voltò a guardare.

Rosario l'aveva sentito in televisione che la paralisi, nel bel mezzo del pericolo, è una cosa normale. Il documentario diceva che in quegli attimi ti accorgi che si sta verificando proprio il rischio previsto, e invece di rimediare come sarebbe possibile, andando fino in fondo, ti fermi per assistere a quello che succederà, e rimani a guardare, in un incantamento cosciente, e niente ti smuove perché la suggestione della morte ti toglie il comando delle tue funzioni, i rumori non ti raggiungono, e precipitare diventa l'unica conclusione possibile.

Rosario capí perfettamente quello che stava succedendo e fece una cosa strana e pazzesca: urlò a squarciagola il nome del suo calciatore preferito.

Aniello tornò in sé e si lanciò verso di loro. Ci mise un po' a riprendersi, Brasile dovette reggerlo e rassicurarlo a bassa voce nell'orecchio.

Il conducente della Golf intanto era riuscito a raddrizzarsi, aveva accostato al guardrail ed era uscito dalla macchina. Il cristallo anteriore si era spaccato a tela di ragno, probabilmente era stato lui con la testa perché aveva del sangue in faccia. Bestemmiava, si toccava in fronte e dava calci alla portiera.

Venturino si appiattí nell'erba dietro il guardrail. Dopo un po' il tipo della Golf chiuse a chiave e si allontanò a piedi lungo il percorso di emergenza, in direzione della prima uscita.

Rosario, Aniello e Brasile chiamarono Venturino con le mani. Venturino sbucò dal nascondiglio. Rosario spingeva con l'indice verso il basso, come a dire mò, mò, non perdere tempo, buttati adesso.

Venturino rimase dov'era.

Brasile si scosse l'orecchio col dito.

Scesero dalla tangenziale e andarono ai cessi pubblici. Aniello e Rosario si fermarono a una panchina e come al solito mandarono Brasile che era bello.

Il ricchione col borsello si era scelto un buon sistema per controllare l'entrata. Stava lontano, al limite della strada, vicino alla tettoia dei pullman, fingeva di aspettare e teneva d'occhio chi arrivava. Brasile lo individuò al volo, guardò una volta sola verso di lui e puntò precisamente il passo in direzione dei cessi. Subito quello raccolse e partí, con la stessa speditezza nei piedi. Brasile scese in fretta le scale bagnate dei pisciatoi. Non c'era nessuno. Si prese il posto piú vicino all'uscita, aprí le gambe e lo tirò fuori. In quel momento sentí i mocassini di quello che arrivava sempre piú di corsa. In questi casi gli batteva il cuore dalla rabbia perché gli si rizzava, e lui che aveva schifo dei ricchioni andava in bestia.

Il ricchione entrò e come se si recasse a un appuntamento si andò a mettere al posto accanto a lui. Non lo tirò neanche fuori, ficcò subito la testa nel pisciatoio di Brasile per spiare. Brasile cominciò a scappellarselo lentamente, delicatamente. Il ricchione si guardò intorno di qua e di là per assicurarsi che non arrivasse nessuno, poi accomodò bene gli occhi sullo spettacolo. Era basso e tarchiato, giovane, fra i trenta e i quaranta, le gambe pesanti, dei pantaloni leggeri color sabbia, capelli castani con la riga di lato. Brasile cominciò a menarselo forte, a dargli piccoli schiaffi, a pizzicarsi i coglioni. Allora il ricchione buttò la mano. Brasile se lo rimise immediatamente nei pantaloni, si buttò all'indietro e fece la faccia innocente. Il ricchione rimase come stava, con le gambe aperte davanti al pisciatoio e le mani in mezzo. Lo fissò confuso, rosso in faccia, gli occhi socchiusi e luccicanti per l'eccitazione. Brasile si guardò intorno. Non veniva nessuno.

– Ti piace, eh?

Quello fece sí.

– 'O vuò vede' 'n'ata vota?

E senza aspettare la risposta lo tirò fuori con tutt'e due le mani, divaricando le gambe. Il ricchione si morse le labbra. Poi provò a buttarsi con la bocca.

Brasile se lo infilò di nuovo dentro. Il ricchione si rizzò all'indietro e fece una brutta smorfia. Brasile gli sorrise come una femmina e uscí, facendo le scale due alla volta.

Un attimo dopo il ricchione gli era dietro. Brasile lo portò fino alla spiaggia. Scese le scalette di pietra e continuò a camminare verso gli scogli. Poi si fermò e fece il gesto di pisciare. Il ricchione lo seguí coi mocassini in mano. Si arrestò a pochi metri da lui e soltanto allora Rosario e Aniello si fecero vedere. Lui una spranga di ferro di quelle che si mettono nelle fondamenta dei palazzi, Aniello la molletta. Brasile tirò fuori la cazzottiera di tasca e cominciò ad avvolgersela intorno alla mano destra.

– Miette 'o burzello 'n terra e vavattenne, – fece Rosario completamente privo di espressione.

Il ricchione si guardò intorno. La spiaggia era lunga e deserta, si era allontanato troppo. Fece la faccia della trappola.

– Jamme, fa' ampressa, strunz', – disse Aniello senza guardarlo.

Quello rimise gli occhi su Brasile, non si capí se per accusarlo o dare a se stesso del cretino. O tutt'e due le cose. La fronte cominciò a luccicargli. Rosario fece un passo avanti. Nessuno di loro, quando in seguito cercarono di ricostruire l'accaduto, riuscí a capire come fece il ricchione a saltare alle spalle di Brasile e a stringergli la gola con il braccio. Comunque Rosario non poté piú colpirlo con la spranga.

La situazione sembrò capovolgersi. Il ricchione, nonostante la statura e la pesantezza, era agile e forte. Dai lamenti stentati che emetteva Brasile a ogni strattone, sembrava anche molto feroce. Indietreggiava verso il mare trascinandosi Brasile aggrappato all'avambraccio e teneva a distanza Rosario e Aniello con gli occhi tutti tesi a inventarsi qualcos'altro.

Fu allora che Rosario, senza pensare, raccolse una manciata di sabbia e accecò sia Brasile sia lui. Il ricchione urlò forte e allentò appena la presa, quanto bastò ai denti di Brasile per mordere a sangue. Il ricchione urlò di nuovo e senza mollare la stretta cominciò a scaricargli un pugno dopo l'altro sulla testa. E quello fu il momento di Aniello. Il coltello gli entrò poco sopra il ginocchio. Allora il ricchione buttò via Brasile manco fosse stato lui a pugnalarlo. Brasile cadde a quattro zampe tossendo e sputando. Il ricchione si mise a chiamare la madonna, a guardare e a nominare il coltello che teneva conficcato nella coscia e che lo aveva già azzoppato. Rosario lo sprangò con odio mentre quello lo pregava di non fargli male. Prima una spalla, poi l'altra. Poi il sangue. I calci in faccia e dappertutto.

Settecentomila lire. Perciò aveva combattuto tanto. La busta paga, probabilmente.

Erano al primo piano di un palazzo in costruzione. Qua e là c'erano dei sacchi a pelo sudici, probabilmente ci dormivano i neri che vendevano per strada da quelle parti.

Brasile si accarezzava nervosamente il collo e continuava a ripetere che per poco non era morto. Aniello spezzava le sigarette quasi fino al filtro, faceva due tiri e le buttava. Rosario cominciò a dividere.

– Spiega nu poco, come funziona mò? – disse allora Brasile tutto pieno d'intenzione, indicando i soldi con la faccia.

Era da quando si erano allontanati dalla spiaggia che Rosario aveva sentito tirare un'aria strana. Adesso cominciava a capire.

– Che ti viene, Brasi'? – gli domandò a tono.

– Ca mò m'aggio scassat' 'o cazzo, – disse toccandosi piú forte il collo.

Rosario si guardò i soldi nelle mani. Poi si girò verso Aniello, che si fece i fatti suoi.

– Nuje spartimmo. Cà si fa accussí, – disse fermo Rosario pretendendo il rispetto delle regole.

Aniello non diceva niente. Brasile andò in un crescendo che chiarí definitivamente le sue intenzioni.

– Ll'aggio purtato io a chill'omm'e mmerda, no tu. M'aggio acchiappata io 'a foca 'n canna, no tu. C'aggio fatto vede' io 'o pesce, no tu –. E si batté il petto con la mano.

Rosario capí che non c'era piú niente da dire. Che le cose erano cambiate e adesso si stabiliva come.

Aniello, continuando a tacere, dichiarò la sua posizione.

Rosario si avventò di testa. Il sangue del naso di Brasile gli macchiò la fronte. Brasile reagí benissimo. La previsione dell'attacco di Rosario gli fece rinviare il dolore. Rosario sentí il calcio di Brasile, si afferrò la pancia e cadde piegato in ginocchio, sbalordito dalla compattezza dell'urto, come se non si aspettasse che quella gamba potesse essere tanto dura. Brasile lo tirò su per la maglietta e lo colpí da fermo, con la testa. Un urto fortissimo, che gli spaccò il labbro inferiore e fece schizzare il sangue. Rosario barcollò all'indietro per qualche metro e cadde di schiena sotto il muro. Aniello urlava che cazzo fate, ma si teneva da parte.

Brasile tirò fuori la cazzottiera. Rosario mise le mani a terra per rialzarsi e si accorse di schiacciare qualcosa. Brasile si mise a cavalcioni su di lui e gli bloccò le gambe con le ginocchia. Poi preparò il pugno.

Solo allora, quando lo sfregiò con un colpo circolare, Rosario si accorse di avere in mano un pezzo di mattonella. Brasile cadde all'indietro coprendosi la faccia. Rosario si avventò su di lui usando la mattonella spaccata come un'accetta e lo colpí ancora e ancora, dall'alto in basso, sulle braccia. Brasile si mise a dare delle urla disperate. La ferocia di Rosario gli scatenò una convulsione, come un attacco di epilessia. Rosario gli montò addosso, gli strappò la cazzottiera di mano e se la infilò lui. Poi guardò Aniello, che stava schiacciato contro il muro, bianco in faccia. Prese Brasile per i capelli e se lo mise alla distanza giusta. Si fermò quando fu sicuro di avergli lasciato i segni.

10.

Rosario passò la notte sdraiato a occhi aperti nel buio. Il dolore venne appena si mise a letto, come se il corpo avesse resistito per dignità e una volta ritornato nei suoi luoghi si fosse finalmente abbandonato al lamento. Il naso, le labbra e un po' tutta quanta la faccia, che prima pareva insensibile come quando l'addormenta il dentista, si fecero un muso di cane. Impossibile tendere la bocca senza che una miriade di spilli la colpisse con cattiveria comandandole di rattrappirsi. Sull'addome e piú su, fino al petto, un calore che bruciava e avvertiva di non toccare.

Rosario aspettò tutto il tempo che il dolore si prese per passare. Però dentro una bella mistura di nausea e soddisfazione. La mattina dopo si alzò con una specie di responsabilità. Il labbro era gonfio, però non aveva piú male. Anzi un indolenzimento benigno, il prurito della guarigione. Nonna Lilina quella mattina era piú scimunita del solito, e non si accorse di niente.

Al Burger arrivò piú tardi apposta per vedere come stavano le cose. C'erano solo Aniello e Gaetano, ma sentí il rispetto. E cominciò subito a fidarsi di meno. Prese le patatine nella coppetta di cartone e andò a sedersi da solo. Gli sembrava come se tutt'a un tratto avesse tante cose da fare.

Aniello comprò due birre e lo raggiunse. Ne posò una sul tavolo e con la sua fra le mani si accomodò vicino a lui tutto voglioso di amicizia.

– Vuoi scommettere che mò Venturino non scende per una settimana?

– 'O minimo, – fece Rosario. E come per un diritto appena nato s'impadroní della birra che Aniello aveva messo sul tavolo. Poi aspettò che gli riferisse su Brasile.

Aniello, infatti, diede un sorso e venne al punto.

– Gli hanno fatto l'antitetanica.

– Che ha detto.

– Che erano a tre.

Rosario posò le patatine e si pulí le dita sotto le ascelle.

– I marocchini so' gente 'e mmerda, – aggiunse Aniello.

Rosario prese al volo e rilanciò. – E po' so' tutti tal'e quali.

– Eh. Tutti gemelli.

– Perciò.

Verso l'una arrivarono i falchi. Uno era nuovo, non l'avevano mai visto. Uguale a Gullit. L'altro era una vecchia conoscenza, lo chiamavano Dieci e Dieci perché era strabico. Però un figlio di puttana che ti dovevi stare attento. Di quelli che fanno gli spiritosi.

Cominciarono dal Las Vegas. Carmine, il genero del padrone del Burger King, guardava l'aria seduto dietro la cassa. Nicola e Carmelo erano a una macchinetta. Nicola giocava, Carmelo guardava. Matteo come li vide si mise il fumo in bocca.

Gullit andò dritto al biliardo e cominciò a studiarlo con gli occhi girandoci intorno, nemmeno fosse entrato lí apposta. Carmine fece il naso preoccupato.

Dieci e Dieci interruppe la partita di Nicola, si sedette sul bordo del biliardo e ordinò che lo stessero a sentire. Matteo si sistemò il tocco di fumo proprio al centro della lingua.

– Ieri abbiamo arrestato a uno, – disse Dieci e Dieci.

I ragazzi si guardarono.

Gullit aveva preso una stecca, e piegato sul panno verde la puntava con movimenti da inesperto. Il cassiere domandò se era successo qualcosa. Dieci e Dieci, continuando a parlare con i ragazzi, lo zittí con la mano.

– Scusa Toni', – disse poi voltandosi verso Gullit, – come si chiama chillo chiatton'e mmerda che si tocca sempre le scarpe?

– Casaluce, – rispose Gullit guardando la stecca da vicino come un oggetto misterioso.

Rosario e Aniello seguivano la scena da dietro il vetro del Burger.

– Eh, sí, cosí, – confermò Dieci e Dieci ancora voltato verso Gullit. Poi tornò a loro.

– Però subito è asciuto.

E s'incantò su un quadretto appeso. Una frase in una piccola cornice rossa. *Lo sciocco ha un grande vantaggio sull'uomo d'ingegno: è sempre contento di se stesso.*

Strinse quegli occhi che litigavano fra loro e fece la faccia della scoperta dell'America.

– A me mi devono spiegare perché, appena acchiappammo a nu strunz', subito torna a passeggio, – riprese l'argomento rivolgendosi ai ragazzi tutto interessato alla loro opinione.

Matteo, che ormai aveva la bocca carica di saliva, dovette succhiare un po'. Immediatamente gli occhi di Dieci e Dieci sembrarono allinearsi. Matteo fece un errore elementare: lo guardò.

– Tu che ne pensi? – gli chiese Dieci e Dieci.

– Mmfffchi, io?

– E cu chi stongo parlanno?

La faccia di Dieci e Dieci, pure snaturata da quel guasto che la contraddiceva per dispetto, prese una fermezza che lasciò le parole nell'aria.

Matteo non disse niente. Allora intervenne Gullit appoggiando la stecca sul panno:

– Me la dai pure a me una caramella?

Matteo sollevò le mani e alzò le spalle.

Gullit si avvicinò.

– Ah, non ne tieni piú?

Matteo si scusò con la testa. Mandare giú? L'avrebbe fatto, se la gola non gli si fosse chiusa come la fessa di una vergine.

– E dammi la tua, da', – gli disse Gullit avvicinandosi con la mano a cucchiaio.

Matteo sbiancò.

– No, no, e che, ti metti scuorno? Io non mi piglio schifo. Ia', ia', ca m' 'a magno 'o stesso –. E si accovacciò davanti a lui tutto fraterno.

Matteo, annaspando, continuò a recitare quella penosa scena.

– Aah, ho capito, – concluse Gullit sorridendo. – Tieni mal di denti.

Matteo, forse per la voglia disperata di venirne fuori, riprese colore. Un bambino compreso e perdonato. Addirittura rispose al sorriso.

Gullit si girò di spalle, come si fosse bevuto la sua stessa storia. Invece si voltò di scatto, sfigurato da una rabbia covata apposta, e gli piazzò un pugno violentissimo sulla spalla destra. Dall'altra parte della strada, Rosario si ricordò un documentario dove uccidevano le foche con la mazza.

Matteo cadde su un ginocchio e poi disse piano aaa. Il tocco di fumo, appeso a un filo di saliva scuro e gommoso, gli penzolò di bocca quasi fino al collo. Pieno di tristezza guardò in faccia Gullit. Poi, con amore delicato cominciò ad accarezzarsi la spalla.

Carmelo e Nicola fecero la stessa smorfia impotente. Carmine prese un blocchetto da sotto la cassa e cominciò a portare dei conti.

– Toni', hai visto che belle caramelle che s'accattano 'sti guaglioni? – disse pieno di soddisfazione Dieci e Dieci.

Gullit non rispose, e guardò Nicola e Carmelo con una spaventosa mancanza di espressione.

Rosario e Aniello uscirono dal Burger mentre i falchi facevano salire Matteo in macchina. Aprendo la portiera, Dieci e Dieci guardò Rosario e Rosario gli vide negli occhi e nell'angolo del sorriso le parole esatte: «Con te ci vediamo quando voglio».

La macchina sparí in fondo alla strada. Carmelo uscí dal Las Vegas, si aggrappò al palo del divieto di sosta e cominciò a ringhiare e a picchiarlo col ginocchio. Nicola lo tirava per la maglietta.

Aniello si mise sulla porta del Las Vegas apposta per guardare Carmine che dietro la cassa continuava a tenere la penna sul blocchetto, e lí rimase finché quello non alzò gli occhi su di lui e li riabbassò.

Rosario non si mosse dal centro della strada. Le macchine gli giravano intorno. Suonavano, bestemmiavano, gli mandavano i morti. Avrebbe voluto anche lui, come Carmelo, sfogarsi contro qualcosa. Ma non gli veniva niente. Per la prima volta sentiva crescere dentro di sé una rabbia totale, che non era solo per i falchi ma per tutti e chiunque, chi c'entrava e chi non c'entrava, un credito che nemmeno lui sapeva come si poteva pagare, una voglia di morti. La strada, le macchine, i muri, la vecchia del piano di sopra che alza il volume della messa, Scannapieco, la signora Assuntina, il Burger King, le sigarette di contrabbando, il Las Vegas, Casaluce, le donne con la busta della spesa, la gente di merda che si nasconde dietro le finestre. Avrebbe voluto rompere subito qualcosa di delicato e di importante in modo che non si potesse mai piú riparare.

11.

– Ma si può sapere che tieni?

Santino, una sola mano sul volante, guidava con la solita eleganza svogliata. L'aveva capito subito che quel giorno il suo fascino non attaccava.

– Niente, – fece Rosario fra le labbra.

– Eh, sí. Con quella faccia.

– Veramente.

– Avanti, a me me lo puoi dire.

Rosario toccò la sicura del deflettore. L'insistenza di Santino normalmente l'avrebbe reso felice, adesso non sapeva di niente.

Guardò la città. Sembrava tutto bianchiccio. La conosceva quella patina sulle cose. Bastava guardare due volte la stessa insegna per perdere un tono di colore.

– Siamo amici o no io e te? – ci riprovò Santino.

Rosario annuí.

Ovunque intorno c'erano parole. Sui negozi, sui cartelloni pubblicitari, sui manifesti, finanche sui vestiti. Nelle macchine avevano tutti la stessa faccia. I palazzi avevano la pappagorgia. Guardava i commercianti fumare appoggiati alla porta del negozio e pensava: Chi cazzo glielo fa fare?

– Rosa'. Se ti è successo qualcosa me lo devi dire. Può darsi che ti posso aiutare.

Ti posso aiutare. Perché l'aveva detto?

Nel bagagliaio del furgone c'era un'enorme guantiera di mignon.

La sala mensa si riempiva e si svuotava continuamente di parrocchiani e di famiglie. Certi arrivavano ancora vestiti da lavoro, facevano il dovere degli auguri a don Alfonso per i suoi settant'anni e scappavano senza neanche bere un sorso di spumante.

Rosario non aveva mai visto quella stanza cosí piena di luce. I tavoli li avevano spostati sotto la parete, il divano pure era stato tolto, e in giro c'erano solo sedie. Si guadagnava tanto di quello spazio che mancava solo la musica. Eppure la casa non emanava piú la sua accoglienza, anzi sembrava involgarita.

Lucia e Caterina avevano preparato una bellissima torta bianca, che fu tagliata subito, per permettere a chi non poteva trattenersi di andarsene con un po' di festa in bocca.

Tutti quelli che arrivavano portavano qualcosa. Buste di vestiti, cartoni di provviste, soldi. Un uomo anziano fece un assegno.

La guantiera esagerata di Santino fu salutata con l'applauso. Anche Rosario, che lo precedette come un vero aiutante, chiedendo spazio agli invitati e camminando all'indietro con le mani tese verso i dolci nel caso a Santino fossero scivolati, fu coinvolto in quel momento di gloria.

Rosario non immaginava che don Alfonso fosse cosí popolare. Ma soprattutto guardava le ragazze senza riconoscerle. Gli faceva male la loro disinvoltura nel ricevere gli ospiti, quell'indaffararsi continuo e in mille modi, la quantità di parole che gli vedeva uscire di bocca (proprio loro, che non parlavano mai), quel certo modo di annuire e sorridere che mostrava un retroscena di intimità, di rapporti costruiti nel tempo, di amici comuni, di confidenze personali.

Guarda Ramra, sempre per i cazzi suoi, che si dimentica l'italiano quando le chiedi una cosa che non vuol fare. Guardala, come sorride. Come porta la gente dentro e le toglie i soprabiti. Guarda Anna e Stefania, come vanno d'accordo mò che fanno un po' per uno a ricevere gli ospiti sulla porta.

Guarda Ninetta e Gemma, guarda come le conoscono.

Guarda Lucia, che va e viene da un gruppo all'altro manco fosse Mara Venier, come a dire: oh scusate tanto, devo andare pure da quelli che se no si sentono trascurati. Ma quegli altri l'hanno avuta la torta? Aah, possibile che devo pensare sempre io a tutto?

E guarda Caterina. Guarda com'è gentile. Com'è generosa nei gesti e nelle maniere. Guarda com'è brava a offrire la torta, com'è capace di far trovare la fetta pronta appena un ospite gli viene voglia.

E guarda me. Un estraneo.

Perché nessuno gli aveva detto niente? Eppure era già un po' di tempo che *lavorava*, come diceva sempre Santino, là dentro. Non che avesse stabilito chissà quale confidenza con le ragazze, nemmeno con Caterina in fondo, eppure adesso si sentiva usato, come gli fosse stato tenuto nascosto qualcosa che avrebbe dovuto sapere.

Fece gli auguri a don Alfonso (che fu affettuoso ma sbrigativo) e andò da Caterina, in piedi accanto al tavolo, che dava la torta.

– Uè Berlusco', – lo salutò lei.

– Uè Malbo', – ricambiò lui.

Caterina gli riconobbe la trovata con una smorfia d'assenso e gli offrí una fetta già pronta.

– La vuoi?

Rosario la prese senza ringraziare.

La gente affollava la stanza. Rosario vide la faccia contratta di Sciancalepore che cercava di farsi strada tra le persone con due buste per mano che gli allungavano le braccia. Caterina era a un passo da lui. Faticosissima vicinanza. Tutta presa nel suo ruolo di hostess della torta, s'indaffarava a indovinare dagli occhi degli ospiti chi di loro non ne avesse avuta o ne volesse ancora. E pure Rosario era lí, uno qualsiasi con un piatto di plastica. L'attenzione di Caterina per lui era già finita. A ogni minuto che passava senza che riuscisse a trovare qualcosa da dirle, si accorgeva di perdere importanza.

Posò il piatto vuoto in un angolo libero del tavolo, le passò per bene davanti e se ne andò in cucina. Rimase lí parecchio ad aspettarla.

Lei non lo raggiunse.

Tornò fuori, nella festa. Altra gente, ma quanta ne veniva? Quando mai s'era vista, dove stava nei giorni normali? Dov'erano quando le ragazze passavano i pomeriggi sedute proprio lí, in quella stanza che adesso pareva che non ne sapesse niente, aspettando che finisse la giornata? Occupavano tutto lo spazio, lasciavano i segni delle scarpe sul pavimento, parlavano tutti assieme, bevevano e mangiavano, erano padroni loro. Don Alfonso cosí accondiscendente.

Tornò in cucina per montare parola per parola la delusione che lo avvelenava. Poi diventò ragionevole. Dove se l'azzeccava quell'offesa? C'era una festa, nell'altra stanza. A una festa si deve pensare agli ospiti. Questo non significa che non servi piú a niente. E poi con chi se la pigliava? Se Caterina non lo vedeva neanche, era colpa sua. Se l'avesse cercata, invece di scomparire dopo la prima volta che era riuscito a parlarle, oggi gli avrebbe parlato in un altro modo. Oggi gli avrebbe parlato. Doveva fare poco per volta ogni giorno. Era già assai che gli avesse detto Berlusco'. Che credeva, di campare di rendita su quel poco di confidenza che gli aveva dato la volta delle sigarette?

A proposito.

Uscí sul balcone e accese una sigaretta tenendola all'ingiú, lungo la gamba, in modo da poterla nascondere se Sciancalepore o Santino o don Alfonso fossero arrivati all'improvviso per una ragione qualunque.

Allora si sentí chiamare.

– E che ci fai qua fuori?
Caterina. Pensò di essersela immaginata.
– Aòh. Ti sto dicendo.
Rosario le mostrò la sigaretta dal basso. Caterina avvampò e si lanciò su di lui come una tossica in astinenza.
– Da', da'.
E senza neanche levargliela di mano se la portò alla bocca con tutto il braccio di Rosario appresso. Con gli occhi sbarrati verso l'interno, per assicurarsi che nessuno la vedesse, diede due boccate lunghe e voraci.
Rosario non se la faceva cosí lesta. Si guardò la sigaretta, che aveva fatto una punta di fuoco manco un tizzone.
Caterina buttò il fumo e si scusò.
– Nu' ffà niente, – disse Rosario, e diede un tiro. Mandava un odore, Caterina, che pareva le bustine di Pane degli Angeli.
– Com'è che non sei venuto questi giorni?
Rosario ebbe un principio di capogiro.
– Aggio tenuto nu poco che ffa'.
Caterina aveva incrociato le braccia sulla ringhiera. Si voltò verso di lui e non riuscí a trattenere la risata.
– Ma la finisci o no di parlare sempre come a un capomastro? – E gli riprese il mezzo braccio con la sigaretta.
Rosario la lasciò fare (approfittò per toccarle la bocca con le dita), poi diede un tiro lui (la saliva di Caterina sul filtro), buttò la sigaretta e s'infilò una mano in tasca. Tirò fuori cinque biglietti da centomila e la sfidò.
Caterina lo guardò con un certo interesse («Che è, mò non parli piú?» pensò Rosario).
– Chi te li ha dati?
– Nisciuno. So' i miei –. E se li rimise in tasca. – Se tieni bisogno, – aggiunse.
La replica di Caterina fu secca:
– A me non mi serve niente.
I momenti successivi durarono un'infinità. Rosario pen-

sò di averla offesa. E sospettò di averlo fatto apposta. Era convinto che qualsiasi cosa avesse provato a dire per rimediare, avrebbe peggiorato la situazione.

– Sigarette ne tieni piú? – chiese Caterina con il tono di chi parla per l'ultima volta.

Rosario le aveva, ma adesso, forse per un desiderio malato di portare fino in fondo il suo sbaglio, non aveva voglia di accontentarla.

– No.

Caterina abbassò gli occhi umiliata, come le mancasse la dignità per sopportare quel rifiuto. Rosario si stramaledisse, ma rimangiarsi la parola...

Caterina si tolse dalla ringhiera con una spinta e fece per tornare dentro. Rosario allora la chiamò, senza sapere cosa dirle.

– Senti, comunque.

– Che è? – domandò lei voltandosi.

– No. Ma non è meglio che non fumi?

– E come ti viene?

– No. Dicevo per la criatura.

Caterina mandò uno sbuffetto dal naso, che sembrò somigliare a un *Sei gentile, ma grazie*. Gli sorrise pure, e tornò dentro.

Rosario rimase sul balcone a ripetere a memoria tutto il dialogo che si era svolto tra loro. Poi pensò che non doveva fare l'errore della prima volta e rientrò a cercarla.

C'era ancora gente, anche se meno di prima, e di torta n'era rimasta poca. La guantiera dei mignon era ridotta a due o tre file, nemmeno intere. Caterina non c'era.

Chiese a Ramra, a Stefania, a Sciancalepore che continuava a fare avanti e indietro con le mani impegnate. Allora pensò che fosse uscita per aiutare un ospite a prendere qualcosa in macchina da portare sopra. Con un po' di fortuna l'avrebbe trovata nei dintorni, e avrebbe fatto pure bella figura togliendole i pesi di mano.

Dietro il palazzo c'era un grosso slargo dove parcheggiavano le macchine. Rosario fece prima un lato e poi l'altro, avanti e indietro.

Piú le guardava, piú le macchine gli parevano tutte uguali. Perfino il furgone di Santino pareva confondersi.

Lo capí al primo sussulto del bagagliaio che erano là dentro. Fu come invecchiare all'improvviso, il corpo perse tutta la tensione. Il cuore dava calci. Mentre si avvicinava al furgone il movimento della carrozzeria si faceva visibile e regolare. Si fermò a un paio di metri dalla finestrella del bagagliaio, da dove poteva vedere l'interno. Due ombre sovrapposte, una sagoma sdoppiata che appariva e spariva. Poi riconobbe precisamente i capelli e il profilo di Caterina che dava colpi all'indietro con la testa, con tutta un'arroganza. Sopra e dietro di lei, Santino l'abbracciava alla vita, faceva prima piano e poi spingeva. Caterina allora gli cercava la nuca con le mani e lo tirava verso di sé, con una smorfia tra il pregare e il maledire. Restava cosí finché riusciva a mantenere l'equilibrio, poi buttava le mani sulla parete del furgone per reggersi (allora la carrozzeria faceva un tonfo volgare) e riprendeva a ubbidire al tempo stabilito da lui.

E Santino. Da dov'era, Rosario non poteva vedergli bene la faccia, ma il suo profilo diceva tutto. Aveva quella fissità inespressiva, impenetrabile, di uno che comanda. Si stava chiavando Caterina come fosse stato un suo dovere. E lei era là, sotto, che faceva quello che voleva lui.

Rosario, insieme al dolore che gli rivoltava le viscere, si sentiva gonfiare i pantaloni. Puttana, zoccola. Avrebbe voluto andarsene, o bestemmiare Cristo, o tirare pietre, ma voleva guardare. Puttana, zoccola. Puttana, zoccola. E si stringeva il cazzo che tirava.

All'improvviso, con un egoismo che gli tolse l'inespressività di un momento prima, Santino la spinse in avanti con le mani. La buttò fuori di sé come ne avesse avuto abbastanza, con un'insofferenza che era piú disprezzo, come se da un momento all'altro Caterina fosse diventata un impiccio, un corpo sudato.

Rosario riuscí appena a vedere Caterina che si voltava, e tornava verso Santino trascinandosi sulle ginocchia. Santino piegò la testa sul collo cosí pesantemente che perse l'equilibrio per un attimo, ma subito lo riprese. Gli uscí pure uno schizzo di saliva di bocca. Rosario vide il suo braccio incollato al corpo che vibrava, e quasi nello stesso tempo Caterina che si liberava la fronte dai capelli e gli bloccava la mano impedendogli di venire. Gli afferrò la camicia all'altezza del torace, appallottolandola nel pugno, mentre gli affondava la faccia tra le gambe. Santino le pigliò la testa e se la spinse contro. Lei gli strappò via le mani con un gesto deciso, pieno d'autorità, tanto che gli occhi di Rosario registrarono una sospensione assoluta, come se lei avesse detto in quel modo: Mò si fa come dico io. Santino schiacciò le palme delle mani contro il soffitto del furgone (un altro sussulto della carrozzeria, un altro pugno nello stomaco). Poi piegò la testa all'indietro.

Rosario continuò a vedere la camicia di Santino stropicciata dalla mano di lei che intanto, di sotto, dove Rosario non arrivava con lo sguardo, lo faceva venire con la bocca. La stessa da cui Rosario era abituato a pendere.

Rosario si piegò sulle ginocchia per levarsi dalla visuale della finestrella e si allontanò a quattro zampe come un ladro di benzina. Quando pensò di essersi spostato abbastanza, si tirò in piedi e cominciò a camminare di qua e di là.

12.

Il cognome sul citofono era un po' diverso da come se lo ricordava. Ma la corrosione della piastra di metallo, piú concentrata intorno a quella casella, toglieva ogni dubbio. Rosario tirò il fiato e suonò. Non aveva mai riflettuto cosí poco su qualcosa. Ci aveva pensato una volta, una sola; e aveva subito concluso che non c'era un altro modo.

Era uscito presto promettendo a nonna Lilina di tornare entro mezz'ora per aiutarla a lavarsi. Mentre camminava come un sonnambulo per i marciapiedi deserti, nemmeno lui ci credeva davvero che stava andando *a casa* di Qui Quo Qua.

Sapeva vagamente dove abitavano, e per di piú in quel quartiere le palazzine erano tutte uguali. Strano che non avesse cambiato idea, malgrado tutti i portoni che aveva dovuto provare.

Rispose una donna anziana, con la diffidenza indignata che usano le vecchie quando parlano con chi non possono vedere.

– Pro'.

– Ci sta Rino?

– Pro'!!

– Scusate, ci sta Rino?

– Ma chi è?

– Devo dire una cosa a Rino, ci sta?

– Sta durm... no –. E si fermò come se qualcuno le avesse fatto segno. – No. Ma chi è?

Rosario stava per ripetere la frase di prima cambiando

un poco le parole, quando dall'alto una voce maschile lo interrogò in tono di minaccia.

– A chi vaie cercanno?

Rosario alzò la testa e vide uno di loro sul balcone del primo piano, torso nudo e calzoncini corti. Gli sembrò il secondo.

– A uno 'e vuje, chi vulite.

Quello allargò lo sguardo intorno a Rosario (pure lui mosse la testa di là e di qua), poi disse: – Saglie.

Qui, Quo e Qua erano *altra gente*. Di quelli che non hanno bisogno di un motivo per farsi vent'anni di galera. Che possono sterminare una famiglia per andarsene con un televisore portatile e quattro carte di soldi. Per loro non c'era categoria. Non avevano una specializzazione, non erano alle dipendenze di nessuno, facevano lavori legali e lavori sporchi, tanto non ci trovavano molta differenza. Gli orari di apertura e di chiusura dei bar, il traffico, il divieto di sosta, l'affitto, le bollette, le tasche vuote quando finivano i soldi, il mondo che continuamente chiedeva di venire a patti con la regola, erano un tiranno senza faccia.

Il secondo e il terzo erano gemelli; il primo, Rino cioè Gennaro, di un anno piú vecchio, lo chiamavano pure Mezzacapa perché in testa aveva una cavità come certi scogli piú vicini alla riva, che il mare batte sempre nello stesso punto. Ogni tanto si metteva in disparte, cercava un posto per sedersi e sveniva, svegliandosi anche dopo una decina di minuti. A levargli quel pezzo di cranio, a quanto si sapeva (e nessuno aveva mai dubitato che fosse la verità), era stato l'ultimo dei gemelli, che in un attacco di rabbia si era scagliato su di lui con un martello per una carta sbagliata che Rino aveva messo sul tavolo durante uno scopone. Un'altra notizia a cui era legata la loro reputazione, e che pure si diceva venisse da una fonte attendibile, era quella del ritorno a casa dei gemelli dopo sei mesi di militare, due dei quali passati all'ospedale psichiatrico.

Rosario fece due rampe di scale e trovò quello del balcone che lo aspettava sulla porta. Se era il secondo, come aveva pensato, aveva avuto fortuna.

Lo colpí la quantità di cristiano che si trovò di fronte. Aveva la pelle molto chiara, quasi bianca; le braccia grasse ma sode, la pancia gonfia e durissima, gli occhi chiari incavati nella fronte larga. Sui gomiti due macchie rosse, due ovali di carne viva, come delle ferite a cui avesse tolto le croste a forza. Ostentava un'attitudine ai movimenti corti, ma rapidi ed esperti.

– Chi cazzo si', guaglio'? Che vaie truvanno? – gli disse prima che Rosario finisse le scale.

– Vi volevo dire una cosa.

Quello lo fece arrivare davanti a sé, lo afferrò per le braccia e lo voltò al contrario. Poi lo schiacciò contro la parete del pianerottolo. Rosario non fece resistenza. Sentí il muro freddo sulla faccia. Poi l'alito dell'uomo tra il collo e l'orecchio. Aveva quell'aroma di caffè inacidito dalla saliva.

– Chi cazzo si', né? A chi appartieni? Chi t'ha mannato?

Rosario capí che la cosa migliore era tenere la bocca chiusa e lasciarlo fare. Sentí le sue mani durissime sul petto, sulla pancia, sul culo, sotto i coglioni, dentro le cosce, sopra le scarpe.

– Ma che è ca' ffore, né? – uscí la madre. – Chi è 'stu guagliunciello?

Allora l'uomo lo lasciò andare.

– E che cazzo ne saccio. Vattenne 'a rinta, tu, va'.

Rosario si voltò e si aggiustò la maglietta.

– Allora, che cazzo vuo'?

– Niente. Tengo 'na notizia, si 'a vulite sentí.

L'uomo lo squadrò interrogandosi. Rosario pensò: Se mi arriva il cazzotto, qua a terra rimango. Tenne gli occhi in basso. Sapeva benissimo che i tipi cosí non si devono guardare in faccia, soprattutto quando ti guardano loro.

– Io a te nun t'aggio mai visto.
– 'O ssaccio, – disse Rosario.
– Ma tu sai a fratemo Rino?
– Nz'.
– A Daniele.
– Nz'.
Lo guardò un'altra volta.
– Trase.

Il ragazzo aveva vent'anni e lavorava come commesso in un negozio di elettrodomestici. Era sposato da pochi mesi e la moglie già aspettava. Vivevano con la famiglia di lei. Un giorno alla settimana, mezz'ora prima della chiusura, il ragazzo faceva le consegne col tre ruote.

Una mattina una donna giovane con gli occhiali da sole andò a ordinare una lavastoviglie. Pareva che avesse lasciato la macchina in doppia fila, tanta era l'agitazione con cui si sottraeva al padrone e al ragazzo che volevano consigliarla. Scelse la prima che le capitò sott'occhio, lasciò l'indirizzo e l'anticipo e se ne andò, scusandosi della fretta. Il ragazzo finí la sua giornata, salutò il padrone, caricò la lavastoviglie sul tre ruote e partí. Lo trovarono nella strada scritta sull'ordine di consegna, ancora abbracciato alla lavastoviglie che aveva appena iniziato a sollevare. In faccia gli era rimasta la domanda.

Aveva ragione. Non aveva fatto niente a nessuno. Era colpevole di parentela. E non era nemmeno riuscito a ricordarsene in tempo.

Rosario era steso sul letto a fumare quando nonna Lilina lo chiamò dalla porta socchiusa.
– A citofono.
– Chi è?
– Chillo bello giovane, là, – rispose nonna Lilina tenendosi alla maniglia.

Rosario si drizzò sui gomiti. Il cuore cominciò a scalmanarsi come quando li aveva visti nel furgone.

– Ma chi, Santino?

– Santino, eh, – fece nonna Lilina. Levò un piede da una pantofola e con quello si grattò il collo dell'altro.

– Che va trovando?

– Eh, tam-zò...

– 'A no'!!

– Eee che ne saccio, tam... – buttò le mani all'aria, – vuo' risponnere sí o no?

Rosario si alzò con le ginocchia che tremavano. Tutto quadrava. Perché fingeva di meravigliarsi?

– Pronto.

– Rosa', vuoi scendere un momento?

Rosario disse sí, attaccò e rimase a guardare il citofono. Era dal compleanno di don Alfonso che non andava piú a Casa Letizia. Santino non si era fatto vedere né sentire. Aveva capito che Rosario sapeva, e adesso veniva a spiegargli. Logico.

In fondo era quello che voleva. Aveva bisogno di parole, di una versione qualsiasi, di un'altra verità che contraddicesse o almeno attenuasse quella che aveva visto con i suoi occhi. Voleva le chiacchiere. E poi era troppo curioso di vedergli la prima espressione.

Sulle scale si modellò la faccia e cercò di reprimere quel sorriso imbecille che voleva venirgli per forza.

Santino era sul marciapiede, mezzo seduto su uno scooter metallizzato e luccicante, di quelli col sedile larghissimo, che sembrano poltrone con le ruote. Aveva una camicia a quadretti con le maniche arrotolate quasi fino ai gomiti, un pantalone elegante a vita alta e i capelli che gli frustavano la fronte per la corrente che tirava sempre in quel punto della strada. Pareva uno di quei preti in borghese che fanno innamorare le femmine.

Rosario tenne la testa bassa, confrontandosi con lui, com'era abituato. Ancora una volta si sentí brutto, maldestro, misero nei panni che aveva addosso, ridicolo nei movimenti.

Santino saltò tutti i preamboli e andò dritto al punto.

– Rosa', stasera devi fare una cosa.

Ma che cazzo sta dicendo, pensò Rosario.

– Lo conoscevi tu al ragazzo degli elettrodomestici?

Rosario gli guardò la bocca come avesse parlato in un'altra lingua. Tutti i morti che tieni, pensò. E Caterina quella puttana.

– Rosa'.

– Eh.

– Ma che è, ti sei svegliato da poco?

Rosario guardò a terra e fece no.

– Hai sentito che è successo?

– 'O guaglione acciso.

– Sí, – fece Santino colpito dalla mancata indignazione.

Rosario, come se qualcuno gli avesse ordinato di farlo, tirò fuori una sigaretta e l'accese.

Santino seguí tutta la manovra allibito.

– Rosa', ma che fai?

Rosario cacciò il fumo con una disinvoltura cosí fasulla che per poco non gli venne un crampo in faccia. Poi abbassò la sigaretta lungo il fianco, tenendo la brace all'indentro. Un'esibizione veramente penosa.

Santino gli cercò gli occhi.

– Rosa', tu adesso non lo puoi sapere che male ti fai.

Mi passa per il cazzo, si rispose Rosario in testa.

– Mi dispiace, mi dispiace veramente, – aggiunse Santino con schifata tristezza.

Rosario annuí, senza guardarlo in faccia. Fece per riportare la sigaretta alla bocca, poi rinunciò.

– Va be', senti, non ti voglio fare la predica, – si ammorbidí tutt'a un tratto Santino, modellando, via via che parlava, un atteggiamento che voleva mostrarsi mortificato del precedente. – Solo, per piacere, non prendere il vizio.

Poi fece una pausa, come per controllare se si fosse ristabilita la vicinanza, e senza aspettare la reazione di Rosario tornò al punto iniziale per cancellare del tutto l'incidente della sigaretta.

– Lo conoscevi a quel ragazzo, Rosa'? – Sapeva che quando lo chiamava per nome otteneva immediatamente la sua attenzione.

– Di vista.

Allora la faccia di Santino si fece seria e ferita.

– Qua i morti non li contiamo piú. Cosí non si può andare avanti. Non ci dobbiamo abituare a questo schifo.

Rosario pensò a quanto gli fosse sembrata impassibile la sua faccia mentre si fotteva Caterina nel furgone.

– Tu pensa solo questo, Rosa'. Pensa quanto ci vuole per guarire un malato. Quanta fatica, quanti sacrifici, quanti soldi. Ci sta gente che si fa il mazzo dalla mattina alla sera per curare quelli che stanno male. Pure io e te, per quel poco che facciamo, cerchiamo di aiutare gli altri. E questi qua si permettono di ammazzare la gente cosí. Quando vogliono, dove vogliono. Di giorno, di notte, in mezzo alla strada, dentro ai negozi, davanti alle scuole. Quel povero ragazzo che non aveva nessuna colpa. Che manco li conosceva.

Rosario fece cadere la sigaretta e la schiacciò con la scarpa.

– Vedi Rosa', se noi non facciamo niente, se ci stiamo zitti, allora questa gente ci comincia a comandare. Dobbiamo dire di no, Rosa'. I giovani, i vecchi, le donne, i ragazzi come a te. Tutti quanti. Questa gente ci deve vedere tutti assieme e deve sapere che non abbiamo paura.

Rosario non disse niente.

– Stasera devi venire alla fiaccolata. E lo devi dire a tutti i tuoi amici. Dobbiamo essere in tanti, Rosa'. Questa gente deve sapere che noi siamo di piú.

– Viene pure don Alfonso? – domandò Rosario.

– E come no, – rispose Santino cominciando a cavalcare lo scooter.

– Pure Sciancalepore?

– Come. E vogliono venire pure le cieche, se le porta lui.

– Pure Anna e Stefania?

– Pure Anna e Stefania, sí.

– Lucia? Ramra?

– Sí, sí, tutti, tutti vengono –. Accese il motore.

– Pure Caterina? – E lo guardò per bene in faccia.

– Eh, Caterina pure, – disse Santino. Non si notava niente.

– Allora ci vediamo alla fiaccolata. Mi raccomando, – lo salutò Santino facendo scattare il cavalletto.

– Oh, Santi'.

– Eh?

– Bella motocicletta.

– Ah, ti piace? È comoda per la città.

– Ma l'hai pigliata nuova? Queste costano assai.

– Eh... sí, però ho avuto un prezzo buono, lo conoscevo a quello che le vende. Gliela pago a tanto alla volta. Mi serviva, poi col furgone, il traffico... E poi quale motocicletta, è un centoventicinque.

Tutta una spiegazione.

Rosario rimase sul marciapiede a guardarlo mentre si allontanava. Per qualche secondo rimase nell'aria l'odore di nuovo dello scooter.

Fu allora che gli venne l'idea di andare da Qui Quo Qua.

13.

Rosario passò il resto del pomeriggio a guardare il soffitto dal cuscino. Certo, mancare alla fiaccolata sarebbe stato il gesto che ci voleva. Allora sí che Santino avrebbe veramente capito. Altro che sfumacchiargli in faccia. E Caterina, sai come si sarebbe accorta della sua assenza.

Diceva ad alta voce «No, non ci vado», si sollevava la maglietta, si stringeva una mammella due, tre volte, ogni volta di piú, quasi fino al dolore, poi si girava sul fianco tirando le ginocchia al petto, sapendo benissimo che non avrebbe mai avuto il coraggio di rinunciare all'occasione di rivedere Caterina, quella puttana.

Verso le sette si alzò e si lavò i denti e i capelli. Poi tornò in camera, stese sul letto tutte le magliette pulite, le provò una dopo l'altra e scelse. Piú tempo ancora impiegò a decidere se era meglio fuori o dentro il pantalone.

Si mise tanta gelatina che per strada, andando al Burger, gli sembrava di portare un cappello.

Dietro la cassa del Las Vegas, Carmine stava con il gomito sul giornale ripiegato accanto al vassoio dei soldi e la faccia nel palmo della mano. Aniello giocava a una macchinetta. Entrando, Rosario guardò verso il Burger e vide Brasile in piedi, dietro il vetro della porta. Aveva un cerotto a farfalla su un sopracciglio, un cerchio di garza sulla guancia destra, le braccia macchiate di mercuro cromo. Si fermò. Brasile lo vide e guardò per terra.

– Uè Rosa', – lo chiamò Aniello senza abbandonare la

partita. Rosario si avvicinò e si mise in un punto da dove poteva continuare a vedere la sagoma di Brasile.

– Matteo è asciuto, – disse Aniello.

– Che cosa?

– Chilli dduje strunzi, – raccontò Aniello con soddisfazione, togliendo gli occhi dallo schermo e rimettendoceli, – se al posto di fare il telefilm ci levavano da subito il fumo di bocca, se lo tenevano dentro la stagione sana.

– Comecome? – disse Rosario, che invece aveva già capito.

– Stesso il cazzotto, nu piezzo l'ha mozzicato e se l'è 'gnuttuto. Un altro poco se l'è zucato.

Rosario diventò piú rosa. Gli venne uno di quei sorrisi tra la vendetta e la commozione.

– Insomma alla fine tanto poco c'era rimasto che l'hanno cacciato.

– Vafammocca, – fece Rosario drizzandosi nelle spalle. Poi controllò Brasile. Gli sembrò che lo stesse guardando. Pensò che avrebbe dovuto colpirlo subito sui cerotti, se avessero litigato ancora.

– Però mò sai come ci vengono a scassare il cazzo, – cambiò tono Aniello. E diede uno spintone al videogioco (fine della partita): – Vafangulo, va'.

– Eeeeh, – fece Carmine dalla cassa.

Brasile uscí dal Burger e cominciò ad attraversare la strada.

– Stasera che facimmo? – domandò Rosario.

– Che ne saccio, bo', – rispose Aniello. E si avviarono fuori insieme.

– 'E mmachinette nun si vottano, – disse Carmine mentre uscivano, senza levare lo sguardo dal giornale. Aniello si fermò e lo immortalò con gli occhi. Quello non si scompose.

Rosario tirò Aniello per un braccio e riprese l'argomento.

– No, perché dice che fanno le fiaccole.

– Qua' fiaccole? – chiese Aniello con il corpo ancora voglioso di provocazione, che continuava a tirarlo verso Carmine.

– 'O guaglione muorto, là. Quello che portava i frigoriferi.

Brasile li aspettava a tre passi da loro. Rosario era calmo, ma pronto.

– Ah. E che ce ne fotte a nuje? Uè, Brasi'.

– Don Liborio, – disse Rosario continuando a parlare con lui, come se Brasile non ci fosse.

– Don Liborio? – domandò Aniello perplesso.

– 'A fà isso 'a fiaccolata.

– E nuje ch'amma fa'?

Rosario aveva avuto l'idea mentre si lavava i capelli:

– Quanno hanno arrestato a Gaetano, chi jette apposta addò 'o giudice a parla'?

Aniello lo guardò e poi mosse gli occhi nell'aria.

– E Giornaletto, le sei la mattina in questura?

Aniello rimise gli occhi su di lui.

– È buono se ci jammo, stasera, – concluse Rosario.

Aniello non parlò.

– Tiene ragione Rosario, – disse Brasile.

Il corteo delle fiaccole marciò, senza rabbia e senza voce, dalla chiesa alla strada del morto ammazzato e poi di nuovo alla chiesa, passando per i vicoli. Un rumore debole e compatto, di suole e di vestiti sfregati. In prima fila don Liborio, che per l'occasione volle don Alfonso al suo fianco.

Rosario, Aniello e Brasile erano in fondo, né dentro né fuori.

Caterina l'aveva vista da lontano, accompagnava le cieche insieme a Sciancalepore. Santino seguiva il corteo lungo il fianco, come un cane pastore.

Guardando da dietro quelle teste incassate nelle spalle, Rosario si ricordò di una manifestazione delle madri coraggio. Col motorino s'era infilato fra le macchine, nel traffico fermo. Arrivato al principio della coda si era trovato il corteo di faccia e gli era venuto cosí un rispetto che aveva dovuto addirittura spegnere. Erano signore con le vesti spiegazzate e i capelli fatti in casa (una o due erano pure incinte), e forse per questo rimase impressionato da tutta quella rabbia. Avevano voci disgraziate, rovinate dalle urla, come i malati che si arrendono al dolore e lo cacciano di bocca. Gridavano alla gente che passava e le davano la colpa, come per farsi sentire da un nemico nascosto da qualche parte lí intorno e fargli sapere che non lo avrebbero lasciato vincere. Non erano molte eppure chiudevano la strada, occupavano le uscite, obbligavano i passanti ad ascoltare e a stare dalla loro parte.

Piú di tutte lo aveva colpito una donna non piú tanto giovane, che camminava sola fra le altre, come se non conoscesse nessuna di quelle che pure facevano gruppo con lei. Aveva un cespuglio di capelli rossi e bianchi, le gambe magre e lunghissime fasciate da un pantalone bianco vistosamente macchiato, due fili di sopracciglia. Puntava con lo sguardo la prima faccia che le capitava a tiro e con la voce martoriata dallo sforzo urlava: «*So' mamma 'e figli muorti | 'a droga me li ha accisi | Ma mò stateve accuorti | nun vaco 'mparaviso*», poi le lasciava gli occhi addosso con aria di minaccia.

Ma questi cani mazziati, che camminavano sapendo di non andare da nessuna parte.

Arrivati davanti alle scale della chiesa, don Liborio si fermò e si voltò verso il corteo. La gente si sparpagliò, aspettando in silenzio.

– Non vi invito a entrare perché non è a voi che devo rivolgermi. Ci siamo visti stamattina a messa, quello che penso lo sapete già. È a quelli che non sono venuti che voglio parlare. Quelli che non escono dalle case, che hanno paura e si nascondono –. E con la mano aprí un cerchio verso le finestre spente tutt'intorno. Poi alzò poco la voce, aiutato dal silenzio: – Che vi credete, che questo morto non è vostro? Solo perché non era vostro parente? – E si prese un momento di pausa, agitando la testa in segno di negazione. – Quando vi girate dall'altra parte, lo sapete benissimo che il Signore vi giudica. Come potete vivere con questo peso sulla coscienza.

Al suo fianco, don Alfonso annuiva con amarezza.

Rosario si decise a farsi piú avanti, dove Caterina potesse vederlo. Brasile e Aniello rimasero in fondo.

E girati, stronza. Perché non ti giri.

– Chi si nasconde non è un uomo libero. Non vi salvate, chiudendovi in casa e facendo finta di niente, – continuò don Liborio caricandosi di ragione. – Dio ci ha creati liberi. E poi è venuto qui fra noi, per renderci liberi. E noi abbiamo il dovere di restare liberi. Di difendere la libertà che ci è stata consegnata. Se vogliamo farlo, dobbiamo credere in Dio. Dobbiamo uscire dalle nostre case, dobbiamo essere uniti contro chi ci vuole schiavi.

Ancora un po'. Ecco, cosí. – Uè, e tu qua stai?

– Io sono stufo di dire messe per i morti ammazzati, – abbassò la voce don Liborio, e in queste parole passò una stanchezza triste. – Tutti a dire che lo Stato non ci può abbandonare in questo modo. Ma lo Stato non viene, se non lo chiamiamo. Non sente la nostra voce, se non alziamo la voce.

Gesú, che occhi sorpresi e contenti che ha fatto Caterina. Un'altra volta Rosario la guarda come una madonna. Non gli esce una parola. Ma come fa, dopo quel poco di scoperta, a essere cosí contento di vederla?

– Alzate la testa, uscite dalle vostre case, – si avviò alla conclusione don Liborio con speranza (anche qualcuno fra il pubblico alzò la testa). – Accendete le luci.

– Aòh, ma ci senti? – sussurrò Caterina.

– Perché? – compose Rosario con le labbra.

– Eh, sísí, – sventolò la mano Caterina. – Io non lo so, ogni volta che ti dico una cosa te la devo ripetere, pare sempre che non capisci.

– Sshhh! – fece qualcuno.

Rosario sentí la pancia che si accartocciava. Era odioso ammetterlo, ma Caterina aveva detto la verità e lui le stava dando ragione. Ogni volta, ogni santa volta che lei prendeva l'iniziativa della parola lui faceva la figura del cretino. O non sentiva, o non capiva, oppure sentiva e capiva ma non era mai in tempo con la risposta. Possibile che perfino adesso che sapeva quanto gli serviva a dimenticarla, che poteva trattarla con il distacco che meritava, continuasse a farsi mettere i piedi in faccia? Cercò di risponderle qualcosa, ma ormai lei gli aveva già dato le spalle e stava a sentire don Liborio tutta compita. Rimase lí a guardarla, ammanettato dalla frustrazione. Odiava quella situazione che si ripeteva un'altra volta tale e quale, odiava la sua inettitudine che dava a Caterina il diritto di annoiarsi e di trattarlo come un deficiente. Avrebbe voluto afferrarla per un braccio, farle venire il livido, trascinarla fuori da quella processione di cristi segnati, portarsela in un vicolo e fotterla contro una parete per pareggiare i conti, e chiamarla col suo vero nome, raccontarle chi era e che andava facendo, e poi fermarsi quando lei tutt'a un tratto avrebbe cambiato espressione e gli avrebbe detto col sorriso sí, questo è l'uomo che volevo vedere. E invece rimase lí, ad aspettarla (ma ad aspettare che cosa?); ogni gesto di lei, ogni piccolissimo spostamento del suo profilo gli faceva male, gli portava una sofferenza che sapeva benissimo come entrare e come restare.

– Se chiudete le finestre, accettate la violenza, la sopraffazione e la morte. Se non siete con noi, date ragione a loro. Dovete essere con noi. Dio è con noi, è dalla nostra parte. Non è con loro.

Dopo quello che ha fatto, quella zoccola puttana.

Dopo quello che ha fatto.

14.

Rosario guarda la spalliera del sedile davanti a sé, poi la forfora sulla giacca dell'uomo che ci sta seduto, poi l'altra gente che occupa il vagone con lui, i sostegni, le chiazze delle gomme da masticare sul pavimento, e non si trova. Volta la testa di qua e di là. Si irrigidisce, perplesso. Qualcosa non gli torna. Come se il corpo gli avesse fatto una domanda che non arriva. Poi capisce. Gli si è addormentata una gamba. Per come le ha incastrate tutt'e due sotto il sedile da quando è partito, a bloccare la borsa manco potesse andare a farsi un giro per il treno, è pure strano che se ne sia addormentata una sola. Dorme pesante però, non la sente proprio. Ma perché si deve storpiare in quel modo, che bisogno c'è. È una borsa da allenamenti, chi mai va a pensare. Anzi, è meglio se non dà a vedere. La tira fuori da sotto il sedile e la mette vicino, tra il suo posto e la parete. Ma sí.

C'è un tale silenzio nel treno, fa quasi impressione. Forse perché è presto, pensa Rosario che la metropolitana non la prende mai. Magari di sera, quando la gente torna dal lavoro, o la mattina, quando ci va, parla e si muove di piú.

La gamba comincia a formicolare. Dà fastidio ma almeno torna. Rosario si schiaffeggia il polpaccio e poi sbatte il piede per terra. La ragazza alza gli occhi dal libro e lo guarda. Lui non se ne accorge subito. Ma quando la vede s'interrompe e le sorride. Lei fa una strana smorfia, come volesse ricambiare, ma subito leva lo sguardo e si rifugia nel libro. Rosario apprezza la sua serietà.

Le luci si abbassano per un attimo e poi subito ritornano. La gente seduta guarda prima in alto, poi si guarda intorno, poi si guarda in faccia. Qualcuno addirittura si volta.

La signora seduta nell'altra coppia di sedili alla sua destra sta dicendo qualcosa a bassa voce. Ma non c'è nessuno vicino a lei. Rosario si piega un poco in avanti e la guarda con la coda dell'occhio. Piú che parlare pensa in punta di labbra. Però a fare bene attenzione si capisce quello che dice. È bella chiatta, la signora. La pancia è divisa in due rotoli che pare un copertone di macchina. Tiene le zizze grosse, però.

Rosario deve piegarsi ancora un po' in avanti. Gli è venuta un'erezione. E sta pure con la tuta. Non sa nemmeno lui se la cosa lo diverte o lo disturba. Ci sono volte che darebbe dei soldi per farselo rizzare, e non c'è verso. Poi, quando non gli serve, che la femmina manco gli piace, ecco.

Quella volta con Aniello e Brasile lo aveva capito appena entrati nel portone che non gli si sarebbe rizzato. Anzi, davanti all'ascensore, mentre guardava nel buio della finestrella. Quando entrarono in cabina e stavano per premere il pulsante arrivò pure un signore, di corsa, e salí con loro. Con il fiatone chiese a che piano andavano, e a tutti e tre scappò una risata che quello sicuramente capí.

Venne ad aprire la mamma della ragazza, tutta che sorrideva e ancora coi guanti da cucina. Li fece aspettare nel salottino, chiuse la porta e tornò dentro. Rosario, Brasile e Aniello si guardarono subito in faccia, che un'anticamera del genere era proprio ridicola. Poi cominciarono a muoversi per la stanza.

Sulla parete piú grande c'era un divanetto con un tavolino e due poltrone che non ci azzeccavano. Vicino, la finestra. Di fronte al divano, una credenza laccata nera e, nell'angolo accanto, un organo Bontempi con la spina staccata. La credenza aveva un incavo centrale con un ripiano a mezzaluna e uno specchio. Lí stava appoggiata una fotografia della ragazzina, seduta a un pianoforte, con un bel vestito nuovo e i calzettoni bianchi lunghi fino al ginocchio. Rosario la indicò subito agli altri due, che prontamente scoppiarono a ridere.

Brasile si stravaccò sul divano e disse che stava già arrapato. Aniello si levò le sigarette di tasca, le poggiò sul tavolino, si sedette sul bracciolo di una delle poltrone e disse che si sarebbe chiavato pure la signora.

Rosario andò alla finestra e mosse appena la tendina. Immediatamente Aniello lo chiamò. Rosario si girò e lui gli fece no con l'indice. Brasile si modellava la patta da sopra i pantaloni con le mani fissando il parato a righe e fiorellini, con le giunture ingiallite.

Si riaprí la porta. Brasile si mise subito composto. Rosario sentí un tuffo allo stomaco e subito dopo il cazzo che si rintanava.

La signora con la testa fece segno di entrare.

La ragazzina era già sul letto, coperta solo dal lenzuolo. Rosario andò verso il comò e Aniello chiuse la porta. La persiana del balcone era abbassata per metà. Sull'armadio di fronte al letto c'era un televisore acceso col volume a zero.

Brasile si avvicinò per primo. La ragazzina gli sorrise, poi si scoprí e diventò serissima. Brasile si calò i pantaloni e le mutande. Lei guardò la sua eccitazione e con aria permalosa si voltò di schiena e aprí le gambe. Brasile si inginocchiò sul letto e le fu dentro immediatamente.

Rosario, appoggiato al comò, le guardava il profilo e pensava: «È proprio bellella, di faccia. Non tiene zizze ma è proprio bellella di faccia».

La ragazzina affondò la testa nel cuscino. Brasile la sollevò prendendola per la pancia, le si aggrappò alle spalle e cominciò la monta. Aniello ingoiò saliva e se lo strizzò da sopra i pantaloni.

Rosario provò a concentrarsi. Un po' gli singhiozzava,

solo un poco. O forse era lui a spingere. Ma non appena iniziava a farci affidamento, lo sentiva ritirarsi come un dispetto.

Brasile aumentò il ritmo e la ragazzina mandò un lamento capriccioso. Aniello lo tirò fuori (molto meno dotato di Brasile ma anche lui bello dritto, pensò Rosario), fece il giro del letto, le arrivò all'altezza della faccia. Si mise a gambe divaricate e glielo agitò davanti agli occhi. La ragazzina fece una smorfia di rifiuto, come avesse reagito all'odore, ma alla prima insistenza di Aniello aprí la bocca e fece entrare anche lui senza succhiare, soltanto offrendogli un'apertura. Aniello regolò i suoi movimenti sui colpi di Brasile.

«Hai deciso pure come la chiami?» «Benedetta», pensava Rosario. E guardava la mano di Aniello che teneva la testa della ragazzina.

Aniello venne quasi subito. La ragazzina cacciò di bocca poco piú di uno sputo schiumoso. Brasile invece sembrava prendersi tutto il tempo che voleva. Stringeva forte i fianchi della ragazzina e, restando fermo, spostava lei avanti e indietro. La ragazzina gemeva, una specie di rimprovero. Buttava indietro la testa incuriosita, quasi avesse voluto assicurarsi che chi le stava facendo questo era lo stesso a cui aveva dato le spalle poco prima. Brasile allora le voltava la faccia in avanti e ricominciava a spingere, ristabilendo l'autorità.

Proprio bravo, pensò Rosario. E subito dopo uscí dalla stanza, richiuse la porta, guardò verso il fondo della casa e vide il cesso. Passò davanti alla cucina dove la mamma della ragazza stava a occhi socchiusi davanti alla televisione, seduta di fianco alla tavola con le gambe sotto la sedia e le mani incrociate sulla pancia. C'era l'odore dell'ultimo pranzo misto a quello del detersivo per i panni. Il rubinetto dell'acquaio perdeva.

Sul lavandino del bagno stava un mobiletto con gli sportelli laterali che montano gli specchi fuori e dentro, di quelli che se li apri e metti la testa al centro ti vedi tutt'e due i profili. Rosario studiò le due facce che non si conosceva e aprí l'acqua. Poi chiuse la porta a chiave. Si abbassò la cerniera e mentre lo tirava fuori con due dita pensò che pareva proprio il beccuccio di un palloncino. Lo scappellò bruscamente e gli sembrò che si vergognasse di stare scoperto. Era cosí moscio che la pelle lo avrebbe ricoperto subito, se lui non l'avesse tenuta tesa all'indietro con le dita. Con l'altra mano raccolse un cucchiaio d'acqua e ci versò sopra qualche goccia, come per convincerlo che gli avrebbe fatto bene. Il cazzo diede qualche scodata appena visibile, come un animaletto dotato di vita propria, poi gli si afflosciò ancora di piú fra le dita, trasmettendogli un torpore leggero per tutto l'inguine. Rosario ricoprí la cappella e cominciò ad accarezzarselo con amicizia. Come se avessero bisticciato e lui cercasse di fare pace. L'acqua scorreva ancora. Si mise a pensare alla ragazzina nell'altra stanza. Ai gemiti che faceva. Ad Aniello che le usciva di bocca quando Brasile buttava. Dopo un po' cominciò a crescergli. Fece finta di non accorgersene e quando raggiunse un minimo di gonfiore lo afferrò e se lo strinse, come se potesse in quel modo catturare l'erezione e impedirle di andarsene. Di nuovo i pensieri alla ragazza. Alla faccia risentita che aveva fatto quando Brasile gliel'aveva presentato appena si era distesa. E poi alla madre in cucina che aspettava i soldi. Ecco, sí. Mò sí. La madre nella stanza accanto mentre la figlia fotte. Zoccola di merda. Piú accoppiava la ragazza all'immagine della madre consapevole nella stanza a fianco, piú gli veniva duro. Ma appena pensava di tornare dentro per fare anche lui la sua parte, esplodevano i battiti e lo sentiva piú morbido. Si venne nella mano quasi senza accorgersene. Il torpore sparí per qualche secondo e poi tornò peggio di prima, accompagnato da una sensazione di vuoto in mezzo alle cosce, proprio lí, dove teneva la sua ricchezza piú importante. Si guardò il filo di sperma sul dorso delle dita.

«Hai deciso pure come la chiami?» aveva chiesto una signora a Caterina mentre la gente si disperdeva dopo la predica di don Liborio.

«Benedetta», aveva detto Caterina.

Chiuse il rubinetto, si strofinò la mano su una vestaglia appesa a un gancio di plastica e uscí dal bagno. Si trovò davanti la ragazzina, con una maglietta addosso che le andava tre volte e, sotto, le cosce nude. Aspettava. Aveva la faccia distratta. Rosario la guardò senza dire niente. Nemmeno lei disse niente. Si mise di fianco per lasciarlo passare, poi entrò nel bagno e chiuse la porta. Rosario passò di nuovo davanti alla cucina. Aniello e Brasile dovevano avere già pagato, perché la madre della ragazza pareva piú soddisfatta.

Presero il pullman per tornare. Siccome erano le nove di sera ed era quasi vuoto, si sedettero come tre estranei, tutti lontani, ognuno a pensare per conto suo.

Rosario scese per ultimo, due fermate prima della sua, per camminare un po'.

Non gli era mai successo di trovare i falchi che lo aspettavano sotto casa.

15.

– Che ti sei fatto? – domandò Caterina.

– Ma che cosa? – rispose Rosario.

– Come *Ma che cosa*. Chi t'ha vattuto?

Rosario piegò appena la testa. Se se n'è accorta, significa che ci tiene, pensò. E per non farsi guardare in faccia strinse gli occhi fingendo un improvviso interesse per la borsa degli attrezzi di Sciancalepore, che in quel momento passava dietro di lei. Caterina infatti si voltò. Pure Sciancalepore s'interruppe. Sollevò la borsa degli attrezzi per vedere che c'era che non andava, poi li fissò tutt'e due come a dire e che cazzo mi guardate.

Caterina tornò a Rosario con un sorriso furbetto. Gli rifece la domanda quasi uguale.

– Nisciuno, – disse Rosario.

– Sé. Vedi qua, – e gli prese la mano, strofinandogli dolcemente con il pollice la bruciatura della sigaretta sul dorso.

Quel gesto lo confuse. Come se Caterina lo avesse toccato mille volte prima. Come se di lui sapesse ogni cosa. Come se fosse stata presente quando giocava nella terra. Quando si lavava e si asciugava. Quando cadeva dalla bicicletta.

Tirò via la mano e si voltò di lato. Caterina si ammorbidí, pure mantenendo la stessa autorevole intimità.

– E poi non fare a vedere. Gli altri non se ne accorgono ma io sí. Ho visto come ti tiri la gamba appresso.

Rosario spinse la lingua contro i denti. Sentiva tutto un prurito che avrebbe voluto seguire con la schiena.

– Ma che, oggi manca Lucia?
Caterina fece sí con la testa e poi continuò a fissarlo, come a dirgli che era inutile che cambiava discorso.
– Ti fa male?

Gullit gli aveva tolto le sigarette. Una dopo l'altra le accendeva e le buttava, senza fumarle.
– Allora, – cominciò Dieci e Dieci guardando il divieto di sosta come fosse un'opera d'arte, – parliamo un poco. Quanto vi dà Casaluce?
– Chi?
Gli occhi storti di Dieci e Dieci degnarono Rosario per la prima volta. Con una fissità innaturale che, se possibile, riuscí addirittura a storpiarli.
– Fai poco lo stronzo, – disse.
Ragazzi, diceva Casaluce, le male parole, dette da un certo tipo di gente, vanno dritte alla dignità, e la sfregiano. Affondano e lasciano un rancore che si rivolge subito a se stessi. Non sono semplici insulti. Sono ordini.
Rosario abbassò la testa. Davanti ai piedi di Gullit c'erano tutte le sue sigarette schiacciate appena accese.
– Che è, ci vuoi pensare un poco? – tornò colloquiale Dieci e Dieci ricominciando a guardarsi intorno come un turista.
Rosario non disse niente. Del resto, qual era la domanda?
– Allora, quanto vi dà?
Ah, mò sí, pensò Rosario.
– Né. Ma che è, non ci senti? O non capisci?
Si mi vuo' vattere fà ampressa, si disse Rosario.
Gullit non sembrava partecipare troppo al numero del collega. Aveva in mano l'ultima sigaretta di Rosario. Questa, però, la stava fumando.
– No, aggio capito, – disse finalmente Rosario. – Solo che quello sí e no saccio chi è.
Strano. Non aveva nessuna paura di loro.

Dieci e Dieci lasciò cadere appena le spalle.

– Documenti.

– Ah? – fece Rosario.

Lo schiaffo gli tolse la vista per qualche secondo.

– Mi faccio come a un animale quando devo ripetere. Mò mi capisci, mò? – si piegò in avanti Dieci e Dieci reggendosi sulle ginocchia con le mani.

Rosario non gli diede la soddisfazione di tenersi la faccia.

– Documenti.

– Io undici anni tengo.

Dieci e Dieci trasalí per un momento. E si rimise diritto per guardarlo da un minimo di distanza, come se la risposta di Rosario lo avesse reso piú degno di considerazione.

– Aaah… e allora qua ci dobbiamo stare accorti, – disse riacquistando morbidezza nel muoversi. – Hai capito, Toni', questo c'impara il mestiere, a noi. Capisce di legge, capisce. Ci spiega che gli possiamo chiedere e che no.

Rosario guardava fisso davanti a sé, sul muro, una striscia marrone, una ditata di merda.

– Documenti.

Rosario lo sapeva che si metteva nei guai. Però non gliene fotteva niente. Ma proprio niente.

– Io undici anni tengo.

Dieci e Dieci gli girò intorno. Rosario, senza voltarsi, s'indurí tutto quanto in attesa del colpo. Dieci e Dieci aspettò qualche secondo, prima. E quello fu il momento peggiore. Quando poi arrivò il calcio, fortissimo e maligno, Rosario rimase in piedi per scommessa. Quasi non sentiva piú la gamba. Ma fu piú la rabbia che il dolore. Quello stronzo portava stivaletti a punta, apposta.

– Tu si' nu strunzo 'e mmerda, – disse Dieci e Dieci fra i denti, andandogli sotto l'orecchio. – Io lo so che vai facendo, strunzo –. E si fece passare la sigaretta da Gullit. – Prega la madonna che ti arresta qualcun altro, perché quando viene il momento, e statti tranquillo che arriva, se acchiappi a me, ti faccio mettere in un posto dove diventi femmina.

Gli afferrò la mano e se la tenne. Poi avvicinò la sigaretta. Rosario provò a divincolarsi, inutilmente. Si dibatteva come un cane in una tagliola mentre Dieci e Dieci gli faceva il segno.

Gullit, intanto, senza neanche voltarsi dall'altra parte, stava pisciando per terra.

– No, è cosa 'e niente, – disse Rosario.

Caterina stava per aggiungere qualcosa quando entrò Santino con un grosso specchio da parete in una cornice di legno malandato.

– Ué, Rosa'! – disse tutto sorpreso.

Rosario fece sí con la testa a occhi bassi, e subito gli guardò il portachiavi della moto che gli pendeva dalla tasca dei pantaloni.

– Finalmente ti vediamo, – aggiunse Santino. E poi, sistemandosi lo specchio sotto il braccio e reggendolo con l'altra mano: – Cateri', per piacere, vuoi chiedere a Giacomo se tiene un chiodo a pressione?

Caterina si allontanò («Sísí», pensò Rosario).

– Come sta nonna Lilina?

– Buo'.

– Ma che te ne sei fatto tutto 'sto tempo?

Rosario alzò le spalle tenendo gli occhi nell'aria.

– Ah, senti, – si entusiasmò d'un tratto Santino, – ho trovato un negozio che ci vuole regalare una lavatrice. Usata una settimana, è nuova nuova. Perché domani non mi accompagni che l'andiamo a prendere?

Rosario dovette spingere indentro il sorriso brutto che gli stava venendo in bocca.

– Putimmo fa'.

– Ti vengo a pigliare alle otto, allora, – disse Santino con la faccia della riconquista. E andò incontro a Sciancalepore che da lontano gli stava mostrando il chiodo a pressione.

Anna passò davanti a Rosario con le mani impegnate dalla tovaglia. Come arrivò alla tavola si ricordò di lui.

– Ma tu mangi qua? – domandò voltandosi.

Rosario fece sí.

– E lo potevi dire prima, – disse lei afferrando i due pizzi piú vicini della tovaglia e lanciandola in avanti, – che buttavamo un altro poco di pasta.

Rosario uscí sul balcone annuendo ripetutamente. Ogni cazzo di volta che apriva bocca teneva da ridire, quella.

Prima, senz'altra ragione che ubbidire agli ordini che si dava da sé, guardò la cabina del telefono sotto il palazzo di fronte. Di quelle corte per gli handicappati, fresca messa, nuovissima. L'aveva provata prima di salire, pigliava perfino le schede. Trattenne lo sguardo sulla cabina il piú possibile e finalmente (quando il corpo, innervosito da quell'inutile imposizione, cominciò a ribellarsi lanciando pruriti dappertutto) si concesse di cercare la moto di Santino. Era proprio davanti al portone, sul marciapiede, la ruota anteriore legata al tubo del gas da una catena rivestita di gomma trasparente.

Rientrò. Anna era tornata in cucina. Il rumore delle ragazze che trafficavano tra i fornelli e la piattaia. Un lembo della tovaglia si era ripiegato sulla tavola.

– Un poco piú su... no, no... Giacomo? Un altro poco, sali un altro poco, – diceva don Alfonso al piano di sopra. Poi il rumore del trapano e Santino che diceva bastabasta.

Uscendo, lasciò la porta socchiusa.

Fece le scale ripetendo continuamente il numero per paura di dimenticarselo proprio all'ultimo.

Avevano quasi finito il secondo quando Sciancalepore tornò. Aveva fatto le scale di corsa.

– Uè. E che è successo, non parte la macchina? – disse sorpreso don Alfonso.

Sciancalepore si fermò a riprendere fiato. Tutti lo guardarono in silenzio.

Rosario aveva appena bevuto. Riprese il bicchiere vuoto e se lo portò alla bocca, infilandoci pure il naso.

– Santi', non vorrei dire, ma è meglio che t'affacci, – disse Sciancalepore buttandosi il pollice alle spalle.

Santino succhiò l'aria. Poi si portò le dita alla fronte.

– La moto sul marciapiede, mannaggia.

Si alzò da tavola.

– Che ci stanno, i vigili?

Sciancalepore fece un no con la testa che aveva tutta l'aria di un magari. Le ragazze si guardarono l'un l'altra, lasciando le posate sospese sui piatti.

– Ma che è, che sta succedendo? – si alzò pure don Alfonso.

Santino uscí sul balcone e subito rientrò.

– Chiamate la polizia, – disse. E si leccò le labbra.

Rosario guardò Caterina. Forse le vide proprio la faccia che si aspettava. Anna e Stefania si buttarono sul telefono quasi contendendoselo.

– Che c'è, che c'è? – domandò Gemma, mentre Ninetta si aggrappava al suo braccio come una criatura. Le cotolette nei piatti, tutte ancora a metà o poco piú, avevano già preso un aspetto estraneo, quasi disgustoso.

Sciancalepore e don Alfonso raggiunsero Santino sul balcone. Due piani piú sotto, Qui Quo Qua erano al lavoro. E Santino aveva già l'impressione che la moto non gli appartenesse piú.

Uno stava inginocchiato sulla ruota (dall'alto si potevano riconoscere i manici della tenaglia); una foltissima peluria rossiccia spiccava dal retrocollo della maglietta bianca. Curvo su di lui, Rino Mezzacapa (dal secondo piano, la porzione di cranio mancante pareva un budino dopo la prima cucchiaiata) gli porgeva la catena allentandola. Oltre il marciapiede, quasi in mezzo alla strada, le braccia lungo i fianchi, camminava lentamente il piú giovane dei tre.

– Che state facenno là abbascio, né? – gridò Santino, fingendo, innanzitutto con se stesso, di essersene appena accorto.

Il primo a guardare in alto fu Mezzacapa. Lo fissò dritto negli occhi. Pure da quella distanza, Santino dovette levare lo sguardo.

– Ma che ti manca, né scemo 'e mmerda? – gridò il terzo da mezzo alla strada, mettendo la mano a punto interrogativo. Mezzacapa lasciò andare la catena e si rizzò bene in piedi. L'altro, invece, continuò a lavorare di tenaglia.

– Santi', questa è gente di merda. 'E ssaccio, – disse sottovoce Sciancalepore. Santino aveva preso il colore di una corsia d'ospedale.

– Andatevene che chiamo la polizia, – fece don Alfonso.

– Che ffaje, tu? – arrivò sotto il balcone il terzo, già stravolto di rabbia.

– Scinni abbascio, femmenè, – disse Mezzacapa rivolto a Santino, come avesse ingaggiato con lui una questione personale. Da un momento all'altro i due fratelli avevano perso ogni interesse per la moto. Probabilmente non se la ricordavano neanche. Quello con la tenaglia, invece, pareva a buon punto.

– Vuo' vede' come vengo là ncoppa e ti magno l'uocchie? – urlò l'altro, senza sapere neanche lui a chi voleva rivolgersi. E diede un calcio violentissimo al portone.

Don Alfonso pareva dimagrito. Il collo lo tirava verso l'alto. Era cosí disgustato che gli si vedevano i denti.

– E scinni! – ripeté piú forte Mezzacapa a Santino. Sciancalepore oscillava tra la preoccupazione e la rassegnazione. Pareva avere una qualche esperienza di quel genere di cose.

Rosario si alzò da tavola e andò alle spalle di Santino, senza uscire sul balcone. Caterina rassicurava le cieche con le mani.

– Santi', ma come, te ne stai a guardare accussí? – disse Rosario. E con la coda dell'occhio si accertò che Caterina stesse assistendo allo spettacolo.

La schiena di Santino rimase rigida.

– Santi', – ripeté Rosario approfittando di un momento di silenzio. Allora Santino dovette girarsi.

– Scennimme abbascio, – disse Rosario. – Che, ti facimme fottere 'o mezzo senza fa' niente?

Santino lo guardò. Ormai non aveva piú faccia.

- 2° foglio -

quindi i malviventi, dopo aver rivolto espressioni gravemente ingiuriose al proprietario del motoveicolo e alle già menzionate persone che unitamente a quest'ultimo stazionavano sul balcone del sovrastante centro di accoglienza denominato «Casa Letizia», li minacciavano di morte, intimando loro di scendere. ============

Inferociti dalla mancata disponibilità degli offesi a raccogliere la provocazione, i due balordi infierivano sul portone dello stabile, con effrazione dei vetri e danneggiamento dell'impianto citofonico esterno. ================================

Un'automobile di passaggio che rallentava, probabilmente incuriosita dalla lite in corso, veniva colpita a calci e pugni e si allontanava rapidamente. =======

Un passante, benché del tutto estraneo alla discussione in atto, veniva immotivatamente aggredito e brutalmente percosso.
================================

Uno dei tre malviventi, probabilmente il capo, l'unico dei tre che non avesse preso parte alla lite, spezzata la catena che assicurava la ruota anteriore del motociclo alla condotta del gas dello stabile, si al-

lontanava a bordo del motociclo stesso.
=============================

Il passante aggredito abbisognava d'urgente ricovero al locale nosocomio per le gravi ferite riportate alla bocca e al naso. Le sue generalità saranno comunicate al momento dell'acquisizione del referto.

In possesso di tali sicuri elementi, ritenuta la flagranza del reato, sentito telefonicamente il PM di turno, i colpevoli venivano dichiarati in arresto e subito dopo associati alla Casa Circondariale, a disposizione della Procura della Repubblica. Per entrambi gli arrestati, sprovvisti di legale di fiducia, si provvedeva alla nomina del difensore d'ufficio, che veniva informato nella serata odierna del suddetto provvedimento. =================

Il proprietario del motociclo, piú volte compulsato sul punto, afferma di non conoscere né di aver mai visto in altra occasione i malviventi, che a tuttora rifiutano di rendere le proprie generalità.

La parte lesa dichiara infine di non voler sporgere denuncia nei confronti dei medesimi. ============================

Del che è verbale, in cinque copie, che - previa lettura e conferma in ogni sua parte - si sottoscrive. =================

L. C. S. in data e luogo di cui sopra.

Oggi, al supermercato. Avevo già il carrello pieno, sono passato per il banco salumi, chissà che mi veniva voglia di qualcos'altro.

Una signora sui sessanta o poco piú mi buttava l'occhio (un po' a me, un po' al carrello) come avesse voluto dirmi qualcosa.

Io non ho fatto niente per aiutarla e mi sono messo a guardare nei formaggi. Allora quella si fa coraggio, mi viene vicino, dice «Scusi», indica le mie due confezioni di caffè e mi domanda se per caso faccio la raccolta dei punti.

Io non sapevo che farmene di quei bollini, anzi neanche sapevo che c'erano, ma ho detto subito che io no, però mia moglie.

Lei c'è rimasta un po' male (insomma, un no è sempre un no) e ha risposto che va be' non faceva niente, pure lei li raccoglieva.

Allora io ho chiesto, cosí, per curiosità, tanto non erano fatti miei, che cosa si vinceva.

Ah un sacco di premi, ha detto lei, si può scegliere, una trapunta, un servizio da tè, una batteria da cucina.

Be' mi dispiace, ho detto io, ma sa, mia moglie.

No, non fa niente, ha risposto, grazie lo stesso, le pare.

E sono andato alla cassa.

16.

Alla fermata del treno, una lunga folla orizzontale avida di salire occupa il bordo del marciapiede. Quelli in prima fila puntano le porte piú vicine e le seguono con gli occhi e con le gambe cercando di adeguarsi al tempo della frenata.

Rosario, guardando quella ressa dall'alto del suo finestrino, raccoglie la borsa e se la mette in braccio. Quasi un riflesso condizionato.

La gente entra come bestiame. In pochi secondi il vagone si riempie. Molti restano in piedi. Rosario abbraccia la borsa e comincia ad abituarsi al nuovo odore dell'aria.

La ragazza allunga la testa preoccupata. Il traffico umano le impedisce di orientarsi. È agitata e confusa, sembra il cane di prima. Si alza in piedi, infila il libro nella borsa e la lascia sul sedile. Si tuffa fra la gente, passa davanti a Rosario, si aggrappa con le mani all'infisso della porta d'intercomunicazione e guarda fuori. Poi butta la testa all'indietro e si solleva sulle punte verso il grafico del percorso del treno affisso in alto. Torna giú, si affaccia di nuovo verso l'esterno portandosi alle labbra l'indice sinistro.

Un uomo sui sessanta in maniche di camicia, praticamente calvo, un solo ciuffo di capelli rossastri quasi in fronte e qualche zolla sparsa tra la nuca e le orecchie, si è seduto al suo posto. La borsa l'ha appesa allo schienale. La ragazza lo vede e torna indietro.

– Scusate.

Quello neanche si gira.

– Scusate, ma c'ero seduta io, qui.

Rosario rimette la borsa a terra e la spinge di nuovo sotto il sedile.

– A me non mi sembra, – risponde quello senza prendersi il disturbo di guardarla in faccia.

– Ma come, c'era pure la borsa, – dice lei rivolta a lui e a quelli seduti lí vicino.

– Eh. E qua sta, – fa lui indicando la tracolla appesa allo schienale. E mette la testa avanti.

La ragazza lo guarda incredula e riflette sulla sua risposta. Come se ci fosse bisogno di riflettere. E rimane inutilmente accanto a lui, incapace di ribattere come di allontanarsi.

Quando il treno sobbalza nel ripartire, si sente ancora piú posticcia. Sa che la sua permanenza in quel punto serve solo ad aumentare l'umiliazione, sa che ormai il posto le è stato rubato e non può piú riaverlo, eppure non riesce a staccarsi dall'estraneo che l'ha messa davanti al furto compiuto.

– Ma mi sono alzata un momento per vedere la fermata, – si giustifica alla fine.

Quello manco la sente. Nessuno interviene.

La ragazza riprende la sua borsa e finalmente si allontana. Giusto un po' piú in là, fra Rosario e la porta. Rosario guarda lo stronzo che fa il padrone del posto rubato. Adesso pare piú tondo di faccia.

Ti sparo dint'a 'n uocchio, pensa.

Ti levo la faccia.

(Quando tieni la pistola non devi mai fare il buono. Non fare mai capire che la tieni. Scuordatella 'a televisione, i film. So' sulo puttanate. La pistola è un momento, quando la cacci. Quello si deve trovare acciso prima che capisce che ci è successo. Ricordati. Insieme alla pistola si cacciano pure le palle. E se non cogli al primo colpo, è meglio che te ne vai).

Rosario fece proprio quell'errore quando andò a sparare al dottore nel parcheggio dell'ospedale, anche se allora non aveva nessuno che glielo insegnasse. Quello aveva appena aperto la macchina e stava già mezzo dentro quando Rosario lo aveva chiamato dicendo «Scusate dotto'», per impedirgli di chiudere la portiera. Il dottore, puntuale, si era fermato con la chiave nel quadro e la gamba fuori e si era voltato interdetto verso di lui. Allora Rosario gli aveva fatto vedere la pistola. Quello si era cacato sotto e Rosario invece di sparare gli aveva guardato le labbra che si scollavano. Poi aveva roteato la testa di qua e di là anche se non veniva nessuno. Il dottore si era steso sull'altro sedile rimanendo con le gambe fuori, forse per ripararsi come si fa nei film, che appena uno caccia la pistola c'è sempre qualcuno che grida «A terra!» e tutti si buttano a terra, o forse per prendere qualcosa nel cruscotto o perché preferiva morire sdraiato, chissà. Allora Rosario aveva pensato a com'era diverso da come lo aveva visto dentro all'ospedale nei giorni precedenti, quando era andato di pomeriggio a gironzolare davanti al suo reparto per imparare chi era e a che ora se ne andava con la macchina. Sportivo, profumato, il camice sbottonato manco un accappatoio fresco di doccia, sempre di fretta, che quando i familiari dei malati che aspettavano davanti all'ingresso gli volevano chiedere qualcosa lo dovevano inseguire perché non si fermava. Quelli non facevano in tempo a trattenere le parole che lui già si era infilato in una porta dove loro non potevano entrare, e allora li vedevi che tornavano mortificati dagli altri parenti davanti al reparto, e facevano il capannello su quello che aveva detto il dottore e che significava, e poi alla fine rimanevano col dubbio e aspettavano quando sarebbe passato di nuovo, e cominciavano a fare avanti e indietro dalla macchina del caffè, e fumavano, e poi dicevano non si sa comportare però è bravo, noi solo di lui teniamo fiducia, portiamo pazienza.

Eccolo là, mò. Steso sui due sedili che si tira indietro riparandosi con le mani.

È lui che ha ammazzato Caterina. È a lui che l'hanno portata quando le sono venute le doglie. È lui che le ha fatto perdere la criatura. È sotto a lui che Caterina è morta.

Rosario stava con la pistola in mano e non si decideva. Sentiva tutto un prurito addosso, una cosa nervosa che lo tirava e gli tratteneva il dito sul grilletto. Un poco si era pisciato le mutande. Il dottore lo aveva visto in faccia e lui lo sapeva. Ma nemmeno questa consapevolezza bastava a sbloccarlo. Poi finalmente sparò, piú per liberarsi della pistola che per usarla. Una volta sola, senza avvicinarsi e senza prendere la mira.

La scarpa del dottore saltò in aria e il piede nel calzino si mise a battere contro il tascone della portiera aperta. Senza piú guardare né sentire né pensare, Rosario scappò piú veloce che poteva nell'area vicina riservata agli elicotteri. Da lí si lanciò nella scarpata che portava alla tangenziale e se ne andò da dietro, per i campi.

Rosario guarda il profilo della ragazza appoggiata in un angolo tra una sbarra e la parete, a un passo da lui. Si è messa la borsa sulla pancia e la copre con le braccia incrociate.

Don Alfonso stava seduto in un angolo della sala mensa, coi pantaloni neri e la maglietta soltanto. Rosario l'aveva capito appena entrato che era successo qualcosa. Dove stavano Lucia, Ramra e le altre? Dove stava Sciancalepore?

Si fermò all'inizio della stanza e guardò don Alfonso da lontano. Erano le tre e la serranda stava mezza abbassata. Il sole sul pavimento arrivava forte lo stesso. Si dovevano stringere gli occhi.

Don Alfonso lo aveva visto ma non parlava. Manco Rosario aveva bisogno di dire niente. E nemmeno voleva domandare. Don Alfonso fece una cosa con la pancia, come un modo di farsi forza. Allora Rosario vide che nella mano stringeva un fazzoletto. Attraversò la stanza lentamente e gli arrivò sotto sotto, proprio davanti alla faccia. Erano belli gli occhi di don Alfonso, da cosí vicino. Tutti gli occhi sono belli visti da molto vicino.

Don Alfonso gli mise una mano sulla testa e gli sorrise addolorato. Dai capelli la carezza scese fino alla spalla e soltanto allora Rosario sentí che stringeva. Era lui che si voleva aggrappare. Don Alfonso lo tirò a sé, lo avvinghiò pure con l'altro braccio e gli singhiozzò nell'orecchio. Rosario sentí un odore salato. Gli rimasero le braccia appese lungo i fianchi.

– È morta Caterina, – diceva don Alfonso. – Caterina è morta.

Rosario non sentí niente.

Tornando a casa, passò accanto a un posto libero lungo il marciapiede. Una macchina lo superò di qualche metro e poi frenò bruscamente. Rosario vide le luci della retromarcia che si accendevano e poi la testa del guidatore che si voltava all'indietro per fare manovra. Un motorino che arrivava a buona velocità non fece in tempo a frenare e prese in pieno il paraurti della macchina. Lo sterzo subí una torsione violenta verso sinistra e la ruota anteriore cominciò a girare all'impazzata.

Rosario sentí un rumore forte, fortissimo, che non voleva finire, come l'eco di un colpo di metallo che cresce fino a prendere una sottigliezza che spacca le orecchie. Vide tutto bianco, poi una fitta maligna gli afferrò la pancia e lo piegò in due. Si stese a terra e cominciò a sbattere. Le mani, la testa, i piedi. Si ribellavano tutti insieme e ognuno per i fatti suoi. Aveva la bocca piena di schiuma, nei pochi momenti in cui gli tornava la vista pensava di affogare. Qualcuno cercava di aiutarlo, lo voleva tenere fermo, tentava di afferrarlo dove poteva. Sentiva una voce giovane e buona che diceva no, non cosí, tienigli la gamba, prendigli l'altra gamba. Rosario, mentre lo prendeva a calci a pugni e a morsi pensava mi dispiace, mi dispiace.

17.

Dopo aver sparato al dottore, Rosario per due giorni dormí nello scantinato. Faceva mangiare nonna Lilina, le dava lui stesso la Roipnol e appena si addormentava prendeva uno dei cuscini del divano e scendeva.

Che il medico lo andasse a denunciare, che lo arrestassero da un momento all'altro, era in conto. Ma non era questo. Che dovessero farlo mentre dormiva, quando fuori era ancora buio e la casa calda di sonno, con nonna Lilina abboffata di sonnifero che chiedeva perché e dove lo portavano, i carabinieri intorno al letto che gli ordinavano di sbrigarsi mentre lui con gli occhi ancora azzeccati tirava fuori i panni dal cassetto e li spingeva nella borsa.

La mattina presto saliva, dava acqua alle piante, rimboccava le lenzuola di nonna Lilina, le preparava il pane e il Micoren, si cambiava la maglietta, si aggiustava i capelli e usciva. Al Burger sbandava ogni volta che si sentiva chiamare.

La terza notte lo afferrò il mal di schiena (steso non riusciva a prendere sonno; era convinto che da seduto, appoggiato al muro, li avrebbe sentiti arrivare prima). Un dolore ritmico con una sintassi chiarissima, un rifiuto categorico di tutto il corpo a sostenere ancora la costrizione a cui era sottoposto. Provò a tendersi in diversi modi, cambiò molte posizioni, tentò addirittura in piedi, ma non ci fu letteralmente verso.

Risalí in casa esasperato. Lasciò il cuscino e le scarpe

dietro la porta. Spiò dalla serratura della stanza di nonna Lilina (borbottava qualcosa ma dormiva) e andò in punta di piedi in camera sua. Si stese sul letto senza spogliarsi. Fu una liberazione. La schiena si acquietò immediatamente, portando un'anestesia leggera e cosciente a tutto il corpo.

Qua sto, stronzi di merda. Venitemi a pigliare.

Per la prima volta da quando aveva sparato al medico fece un sonno intero.

Ma al risveglio, la frenesia della notte era passata. Si sentiva tutto indolenzito, era di cattivo umore. Aveva fame ma la bocca non voleva niente. Le richieste di nonna Lilina lo irritavano. La casa lo guardava ostile. Andava avanti e indietro inutilmente, comandato da un'inconcludenza che insieme lo giudicava e gli impediva di agire.

«Caterina è morta», pensava ogni tanto. Ma non capiva che significava.

Fino a tarda mattinata provò a richiamare la bella strafottenza che di notte lo aveva obbligato a tornare nel suo letto, ma non c'era piú. Poi, da un momento all'altro decise, senza neanche saperlo.

Uscí di casa mentre cominciava Sgarbi e nonna Lilina si teneva pronta ad abbassare il volume. Fece un bel tratto a piedi per andare a prendere il pullman. Ma gli serví a trovare le parole. Durante il percorso se le imparò.

Mancava ancora qualche fermata all'ospedale quando scese. Usò quell'ultimo tratto per provare la faccia.

Non era ora di visite, ma fortunatamente trovò la porta del reparto socchiusa. Entrò e puntò dritto la stanza del dottore in fondo al corridoio.

La caposala stava uscendo dal bagno quando le passò davanti. Rosario sentí prima il rumore degli zoccoli che si affrettavano alle sue spalle e poi la voce che gli ordinava di fermarsi. Senza voltarsi né rallentare arrivò alla porta che voleva e l'aprí.

La prima cosa che vide fu un calendario con i giorni colorati, tutti diversi. Poi la scrivania, il dottore seduto dall'altra parte che scarabocchiava su un cubo di foglietti e la cornetta del telefono incastrata fra la spalla e l'orecchio.

Il dottore alzò lo sguardo e lo riconobbe. Gli cadde la mascella. Prese la cornetta con la mano morta e la lasciò scivolare fino al collo. Dall'altro capo si sentiva la voce.

Rosario aprí le mani e gliele mostrò vuote. Il dottore riprese colore. E sulla faccia gli comparí un'improvvisa voglia di sapere.

La caposala arrivò alle spalle di Rosario e si tenne all'infisso della porta per prendere fiato.

– Dotto' scusate, non ho fatto a tempo, ce l'avevo detto che non doveva entrare –. E mentre afferrava Rosario per un braccio tirò fuori il piede destro dallo zoccolo e lo appoggiò per terra. Rosario diede uno strattone senza guardarla in faccia. Quella stava per riprovarci (intanto aveva reinfilato il piede nello zoccolo) quando il dottore la fermò con la mano.

La signora aspettò. Aveva ancora il fiatone.

– Scusa, ti devo richiamare, – disse il dottore portandosi il telefono alla bocca. Tremava un poco. – Eh? No, mercoledí mi pare che non posso. Ti faccio sapere. Nonlos... Fino alle sette, sí. Sto qua.

E chiuse.

– Lasciate stare, Tere'. Lo conosco.

La caposala inarcò le sopracciglia. Rosario le guardò la scollatura del camice. Aveva sudato.

Il dottore fece leva con le mani sul ripiano della scrivania e si tirò su mordendosi il labbro inferiore. Mandò avanti il piede ingessato e concentrò tutto il peso sull'altra gamba.

La caposala superò Rosario e andò incontro al dottore, temendo che cadesse. Lui l'allontanò con la mano e le fece segno di prendergli la stampella nell'angolo. Prontissima, lei ubbidí. Il dottore si lasciò aiutare. Appena la stampella gli restituí l'autosufficienza, guardò la caposala con la faccia del congedo.

– Grazie, – disse.

Lei si trovò incastrata fra il dottore e Rosario.

– Signora? Grazie, – ripeté il dottore.

La caposala uscí chiudendo la porta, mica tanto convinta. Il dottore seguí con gli occhi il rumore degli zoccoli che si allontanavano lungo il corridoio. Poi fissò Rosario, cercando di stare piú dritto possibile. Ce la metteva proprio tutta a farsi vedere combattivo, ma era fin troppo evidente che faceva quel numero per la prima volta. Rosario, guardando quel collo tirato, quel petto cosí esageratamente gonfio, capí che qualsiasi cosa avesse detto, sarebbe stato creduto. Si caricò nel vedere quanto bene stesse funzionando la sua idea.

Puntò gli occhi sul gesso.

– Dotto', non vi siete fatto niente, questa volta.

Il tono era compiaciuto al punto giusto. Quasi si sorprese, di andare cosí bene in cattiveria.

La baracca che il dottore s'era montato addosso andò giú in una volta. La collera, lo sdegno e l'insofferenza per la sua stessa paura fecero un'unica mistura che gli rovinò la faccia. Un poveretto. Un invalido con la stampella. Un criaturo battuto e umiliato ingiustamente. Era quello il momento di infierire.

– E mò vi dovete stare accorto. Io appartengo a gente che tiene poche parole.

– Ma che cazzo volete da me? Io non aggio fatto...

– Non spostate con la bocca che è meglio –. E qui fece una pausa, alla quale seguí l'ordine: – La faccia mia la sapete? Mò non la sapete piú.

– Ma posso sapere che aggio fatto? – domandò il dottore rinunciando definitivamente alla dignità.

– Voi non vi preoccupate. Basta che state a sentire. La faccia mia la sapete? Mò non la sapete piú, – ripeté Rosario. E lo guardò bene mentre quello annuiva.

Uscí e richiuse la porta. La caposala non c'era. Però lungo il corridoio si sentí i suoi occhi addosso mentre se ne andava.

18.

Rosario seguí il funerale dalla coda, come un estraneo che si fosse trovato a passare e volesse unirsi al dolore di gente che nemmeno conosce, per guadagnarsi un punto in attesa di quando toccherà a lui.

Se ne vedono, a volte, di tipi cosí. Sono quelli che girano per strada senza niente da fare, un po' di là con gli anni, generalmente maschi e soprattutto soli. Quando vedono la macchina nera e la folla silenziosa che la segue si piazzano sul bordo del marciapiede con le mani dietro la schiena e aspettano. Lasciano passare le file degli inconsolabili, si avvicinano a qualcuno degli ultimi (in genere scelgono i giovani), domandano: «Ma chi è morto?», e intanto che sentono la risposta si accodano. Certe volte entrano pure in chiesa, e si sentono un po' di messa.

Rosario guardava le schiene. Gli pareva di non riconoscere piú nessuno. La primavera gli faceva male. Lo molestavano tutti quegli odori dolci che davano speranza. Avrebbe voluto la pioggia, il freddo, le persiane mezze abbassate. Avrebbe voluto che nessuno ne avesse bene, quel giorno.

Fuori dalla chiesa, gli autisti dell'agenzia funebre (due, sulla quarantina e con i baffi) parlavano dei fatti loro appoggiati alla macchina. Avevano gli occhiali da sole uguali uguali, e le camicie a mezze maniche celesti, stropicciate quasi negli stessi punti. Evidentemente il regolamento le imponeva appena stirate quando si partiva per il trasporto cadaveri. Rosario fece caso pure ai capelli e ai mocassini, quelli anche piú lucidi di questi. In qualche modo lo rincuorarono il rigore dei dettagli unito a quella compostezza disinvolta nel trattare la morte.

Fu don Alfonso a dire la messa. Rosario lo seguí con tutta l'attenzione che poteva. Alla fine concluse che non c'era proprio niente da dire. E che forse pure don Alfonso la pensava cosí.

Fino all'ultimo, sperò che Caterina si svegliasse. Guardava la bara in continuazione. Fu solo quando tornò con gli altri a Casa Letizia, che si accorse che non c'era piú, ch'era morta proprio.

Vennero in molti a far sembrare la casa meno vuota. Portavano zucchero e caffè, dicevano non ci credo, ancora non ci credo. Ramra andava ad aprire la porta. Don Alfonso parlava di cose normali, era affettuoso. Ogni tanto s'interrompeva e si mordeva le nocche. Poi cercava l'aria con la bocca aperta, e riprendeva da dove si era fermato.

In cucina, le braccia incrociate, Anna aspettava che il caffè salisse. Rosario, in piedi davanti al balcone chiuso, guardava il pomeriggio che finiva.

Entrò Sciancalepore, aprí il rubinetto, fece scorrere un po' e prese un bicchiere dalla dispensa. Anna spense e preparò il vassoio con le tazze. Sciancalepore sciacquò il bicchiere a lungo. Anna versò il caffè nelle tazzine, prese bene l'equilibrio con il vassoio e uscí lentamente dalla stanza. Sciancalepore aspettò. Poi bevve tutto d'un fiato. Ci fu uno strano silenzio, Rosario sentí che era cambiato qualcosa. In cucina adesso c'erano loro due soltanto, ma quando Sciancalepore parlò sembrò che si rivolgesse a qualcun altro.

– Dice che ti tremano le mani.

Rosario ci mise un poco a voltarsi. All'inizio non chiese. Con una brutta sensazione di attesa guardò Sciancalepore e si accorse di vedere un'altra persona. Piú niente di lui gli era familiare. Aveva incrociato le braccia e guardava dritto davanti a sé. La fissità improvvisa e categorica di chi ha un compito da svolgere. Quando Sciancalepore fu sicuro di avere addosso gli occhi di Rosario, fece una minima inclinazione con la testa in direzione sua. Allora liberò le braccia e cominciò ad accarezzarsi il dorso della mano sinistra, acquistando subito una particolare oscenità.

– Ma che stai dicenno, Sciancale', – disse Rosario. La voce già lo tradiva.

Sciancalepore parlò lentamente. Rosario la conosceva, quella cadenza.

– Lo sai, lo sai che sto dicendo. Lo sappiamo, che lo sai.

Rosario si fece bianco. Un bianco diffuso per tutto il viso, il colore dei braccati. Chissà se a sconvolgerlo di piú era la consapevolezza di essere stato scoperto, la vera faccia di Sciancalepore o la quantità di significato racchiusa nel plurale della sua seconda affermazione.

Sciancalepore buttò un occhio verso la porta, poi continuò.

– Ma 'o ssaje qual è 'o problema, Rosa'? Che certe cose, se uno non le sa finire, è meglio che non le comincia proprio. Perché poi sai che succede? Che si caca sotto, e per levarsi dai guai va dicendo che appartiene a gente che manco conosce. E sbaglia.

Soltanto allora si voltò verso Rosario e lo guardò scioccamente. Rosario non riusciva a parlare. Capiva e non capiva. Un'insopportabile debolezza, come quando lo guardava Casaluce, lo opprimeva.

Che cazzo aggio fatto, pensava. Che cazzo aggio fatto.

– Ma gli sbagli si possono pure acconciare, – cambiò tono Sciancalepore a un tratto. – Se uno dimostra che tiene le palle.

Rosario ebbe una vampata di speranza, come gli avessero appena rigenerato il sangue. Si accorse di sorridere.

– C'è qualcuno che ti vuole vedere, – disse Sciancalepore.

19.

Rosario era seduto nel Burger King, davanti a un barattolo di birra scura. Fumava. Dal televisore, rivolto verso il barista nell'angolo del bancone, veniva la voce fuori campo di una partita.

Entrò Aniello.

– Rosa'.

– Che è.

– Ti vogliono.

Rosario gli regalò la birra e uscí sulla strada. Non c'era nessuno. Guardò di qua e di là sul marciapiede. Nessuno. Camminò un po'. Niente che lo riguardasse. Attraversò, si fermò sulla soglia del Las Vegas.

C'era un uomo giovane, trent'anni o poco piú, che sbuffava divertito davanti a un videogioco. Non si era mai visto là dentro. La partita non lo interessava, era evidente che stava perdendo con strafottenza. Rosario lo guardò confuso. Era strano vedere uno cosí giocare a una macchinetta. Col profilo scavato che si ritrovava, doveva avere sicuramente di meglio da fare. Un figlio di puttana sciupafemmine, alto, snello, abbronzato, le braccia lunghe e venose, vestito sportivo ma tutto di marca, i capelli biondicci scalati sulle orecchie e piú lunghi davanti. Sul polso, il tatuaggio di una piccola aquila verde con le ali aperte.

Rosario trattenne un poco lo sguardo. Damiano levò le mani dai comandi del videogioco e guardò lo schermo con sufficienza. Poi fece per uscire.

Davanti al marciapiede c'era una Y10 grigia.

Rosario si scostò per farlo passare. Damiano si fermò sulla porta e da una delle tasche anteriori del pantalone tirò fuori le chiavi della macchina.

– Rosario? – gli disse guardando avanti.

– Eh.

– Sali.

20.

Rosario salta sul sedile. Forse ha dormito, magari pochi secondi, come gli succede davanti alla televisione, che poi si accorge che nel frattempo devono essere successe tante cose perché del film non ci capisce piú niente. Ha ancora la borsa in braccio. Guarda gli altri passeggeri come in cerca di spiegazioni. No, non doveva scendere. La sua è la prossima. Poggia la borsa sul pavimento e la tiene per le maniglie. Cerca la ragazza. Non c'è. Sarà scesa. Oppure ha cambiato vagone. Non importa.

Finalmente Rosario è arrivato. Alla sua stazione si alzano in molti. Compreso il ladro del posto della ragazza. Rosario sente il cuore che batte forte mentre aspetta il suo turno dietro la gente che scende. Proprio adesso che è finita ha paura, chi lo sa perché. Il treno si svuota e quasi nello stesso tempo si riempie. Rosario si accoda alla fila sveltissima che va verso le scale. Cammina piano, i battiti sono ancora piuttosto forti. La gente lo precede e lo supera con ansia, manco le partisse un altro treno fuori, per strada.

Finalmente la luce vera. Il traffico. La cabina delle foto tessera. L'ambulante di accendigas e di mollette per i panni. Il giornalaio.

Ecco qua.

È finita.

Sono le sette e un quarto. Rosario esce dalla doccia. Stasera al Burger c'è la partita al maxischermo. Nonna

Lilina è lucidissima, sta facendo da mangiare, ha fretta perché vuole trovarsi col piatto sulle ginocchia quando comincia Iva Zanicchi. Rosario la sente spiattellare in cucina mentre si veste. Guarda il letto sfatto che lo invita. Accarezza il cuscino, si sdraia e si rialza. Si affaccia alla finestra, pensa alla mattinata che ha passato, alla fatica che ha fatto per tenere lontani i pensieri tutto quel tempo. Si sente sereno e dolciastro, come lo avesse preso una tolleranza appiccicosa verso se stesso e gli altri. Guarda la finestra della signora Assuntina. È l'unica con la persiana abbassata. Adesso gli sembra inutile quello che le ha fatto. Dalla cucina sente la nonna sempre piú frenetica mentre le pubblicità finiscono e l'annunciatrice inizia a leggere i programmi. Si veste e passa a salutarla.

Rosario cammina per il marciapiede e respira l'aria azzurrognola della sera. Nelle gambe una stanchezza dolce che ha bisogno di passi lenti. Poco piú avanti si ferma un pullman pieno di gente. Il conducente apre le porte anteriori. Rosario guarda i pendolari che scendono a ripetizione (ma quanti ce ne stanno, là dentro?), affollano il marciapiede, si danno una sistemata ai vestiti e si disperdono in ogni direzione. C'è di tutto, pettinati, arruffati, sbottonati, eleganti, giovani, anziani. Tutti con la giornata addosso. Molti salutano il conducente da vecchi amici. Rosario aspetta prima di passare. Vuole sentire le ultime chiacchiere della gente che ha fretta di tornare a casa.

Fra gli ultimi scende un signore sui quarant'anni con una cartella di cuoio. È bello e si nota in mezzo agli altri, ha vestiti abbondanti su un corpo alto e asciutto, i capelli raccolti all'indietro in una piccola coda, la faccia magra da attore. Rosario si chiede se potrebbe somigliargli, da grande. In fondo non è mica tanto diverso. Ha anche lui un naso, gli occhi, una bocca. Basterà ricordare i vestiti. E la voce?

Chissà che ore sono. L'attore viene verso di lui, ha una

fretta musicale ed elegante. Rosario lo guarda finché può, poi gli fa la domanda addosso quando lo incrocia. Quello rallenta, abbassa lo sguardo su Rosario e si annoia, butta un'occhiata all'orologio e recuperando il passo gli risponde senza importanza. Rosario cerca di odorarlo fin tanto che è vicino, poi lo segue con gli occhi mentre si allontana.

Insomma.

C'è gente che in piena estate va a comprare le paste. Bei vassoi di cannoli alla siciliana, teste di moro, sfogliatelle, fagottini farciti di crema. Dolci da stagione fredda. Il rituale della domenica. Spesso hanno almeno un bambino per mano. Tornano a casa, nel caldo insopportabile. Cercano l'ombra sotto i palazzi. Probabilmente li aspetta un pranzo impegnativo, e qualche solito parente in visita.

D'estate, di domenica, c'è gente che compra le paste.

La canzone citata a p. 19 è di Pino Daniele: s'intitola *Dubbi non ho* ed è tratta dal suo album *Dimmi cosa succede sulla terra* (CGD EAST-WEST, 1997).

Grazie a Gianfranco Marziano, perché gli devo molte delle cose raccontate in questa storia; a Marco Drago, per un consiglio importante; a Davide Morganti, per il tempo che mi ha dedicato; a Dalia Oggero, per tutto il resto.

Indice

Stampato per conto della Casa editrice Einaudi
presso Mondadori Printing S.p.A., Stabilimento N.S.M., Cles (Trento)

C.L. 17770

Edizione					Anno			
10	11	12	13	14	2011	2012	2013	2014